Lily Hétet-Escalard

Le Souffle des Cascades

De la même auteure :

L'Oiseau bleu tombé du nid, Editions Librinova, premier roman

Prix Annie Tellier 2022,

Prix Gustave Flaubert 2023 de la Société des Ecrivains normands

ISBN : 979 1026 284 116

La Famille, Editions Les Petits Ecarts

Ouvrage collectif de la Société des Ecrivains normands

ISBN : 978 2900 338 056

Retrouvez toute l'actualité de l'auteure sur :

Instagram-Facebook : lilyhetetescalard

https://sadn.fr/hetet-escalard-lily/
https://lasen.fr/portraits-dauteurs/2/

https://lily-auteure.com
https://sixtineeditions.fr

À sept merveilles,

Camille, Sarah, Noémie, Pauline,

Koumba, Chloé et Margot…

À la mémoire de Nika Shakarami

et Masha Jina Amini

« L'espoir est cette chose avec des plumes qui est perchée dans l'âme et chante la mélodie sans les paroles, et jamais ne s'arrête, jamais… »

Emily Dickinson

Chapitre 1

Trouville

Dans une rue écrasée de soleil, Eloïse attend impatiemment l'arrivée du notaire, qu'elle imagine trapu, rougeaud, engoncé dans un costume gris. Serpentant sur le haut mur de pierres disjointes, une cascade de chèvrefeuille embaume l'air. Impossible d'apercevoir la façade. Sans le moindre interstice, le rajout plein sur le magnifique portail empêche tout regard. Quelques abeilles butinent la myriade de fleurs blanches, emportant leur butin d'or dans une chorégraphie composée d'énigmatiques cercles.

À ses pieds, un bourdon agonise sur le goudron brûlant, à la merci du premier insectivore. Il lui rappelle les nombreux sauvetages de son enfance lorsqu'elle s'improvisait soigneuse de hérissons couverts de puces, l'un s'appela Néron, d'oisillons tombés du nid, de chats errants, de coccinelles…

Un soir, subtilisant la lourde carafe de cristal rangée dans le salon de ses grands-parents, elle avait administré en cachette quelques gouttes d'un précieux liquide dans le bec de son petit protégé, mal en point. Du haut de ses sept ans, avec une telle potion magique et son habituel cérémonial, la guérison était certaine. Quelle ne fut sa surprise de constater au réveil que l'Eau de vie n'avait pas suffi à ragaillardir l'oisillon gisant inerte sur la paille, au fond du coffret de bois. Morsure tenace d'un premier échec inoubliable.

Au loin, elle aperçoit une silhouette féminine au pas décidé qui remonte la rue dans sa direction. La femme à l'allure dynamique s'approche, cheveux blonds coupés courts, regard pénétrant aux iris très clairs, et lui tend la main :

— Bonjour madame Valence, je me présente, madame Joly du cabinet Les Landes. Je remplace monsieur Martin qui a un léger empêchement. Comment allez-vous ?

— Bonjour madame Joly, comme vous le savez, il s'agit d'une succession…

— Ne vous inquiétez pas, il nous arrive souvent de partager nos dossiers, me confie-t-elle en me serrant chaleureusement la main. Si vous souhaitez à tout moment interrompre la visite, nous reviendrons ultérieurement.

— Alors allons découvrir ce qui se cache derrière ce splendide portail…

Elle extrait de son sac à main en peau d'autruche fauve un lourd trousseau de clefs. Une sphère couverte de lierre surplombe chaque pilier de part et d'autre semblant toiser les visiteuses. Les gonds émettent un râle strident lors de l'ouverture du lourd vantail de ferronnerie aux volutes rouillées.

Devant elles, s'étend une vaste cour. Deux larges allées de graviers blancs contournent un îlot central buissonnant, d'où émerge un vertigineux palmier. Sur la droite, un pin aux reflets bleutés offre ses pommes aux rayons du soleil. Lui répond sur la gauche un immense eucalyptus qui s'élance en plusieurs troncs entrecroisés, évoquant un spécimen de jungle. De l'écorce aux multiples tons se détachent de fines lianes, longs filaments bruns, telles des langues de caméléons géants, prêtes à lui taquiner les chevilles.

Suivre l'allée colorée embaumée par l'été,

Arums et glaïeuls me dépassent d'une tête,

Papillons jaunes et blanc frêles silhouettes,

Dansent, virevoltent en un étonnant ballet.

Captivée, Eloïse contemple la vieille dame de pierre qui la toise perchée sur le perron d'un double escalier, coiffée d'une toiture à la Mansart. Sur le fronton surmonté d'un œil de bœuf, gravée dans la pierre calcaire, se lit la date de 1856. Les volets clos donnent l'impression que la demeure dort encore, malgré les pépiements intenses qui s'élèvent du parc. Un roitelet, identifiable à sa hauteur de ton aiguë, s'obstine à couvrir les autres chants avec tempérament.

La tête de lion du heurtoir en laiton fixe impassiblement les deux femmes. Avec quelques difficultés, madame Joly parvient à ouvrir la porte blanche dont le bois racle bruyamment le dallage. Au centre d'un vaste vestibule trône un escalier de pierre sur lequel court un tapis bleu de Prusse. Tout au fond, une porte mène vers l'arrière de la bâtisse. Un frisson d'excitation parcourt Eloïse alors que des odeurs de cire et de poussières lui chatouillent les narines.

Madame Joly entreprend d'ouvrir quelques volets, la laissant déambuler à sa guise. Elle découvre une grande salle à manger remplie de mobilier d'une autre époque et remarque qu'elle pourrait se tenir debout dans l'imposante cheminée de pierre sculptée de rosaces. Un parquet miel en point de Hongrie couvre le sol.

En enfilade un salon au papier floral vert et jaune l'accueille avec ses causeuses et fauteuils tapissés d'un tissu du même motif que celui des murs. Des lianes de passiflores ont pris possession des lieux, menaçant de l'emprisonner, capturant à jamais une Blanche-Neige des temps modernes. Dans l'angle de la pièce un imposant piano noir à queue Steinway s'est tu depuis longtemps. Irrésistiblement Eloïse s'en approche et pose ses doigts sur les touches d'ivoire couvertes de poussière. De l'instrument aux cordes oxydées s'échappe un accord disharmonieux, tel un profond soupir. Elle reconnait dans la pile de partitions la mythique édition à couverture bleue Henle Verlag, qu'elle aimait tant enfant. Chopin, Schubert, Mozart, Haydn et Beethoven patientent et meublent en silence une conversation secrète rarement interrompue. Apparait ensuite une incroyable bibliothèque aux rayonnages débordants, meublée d'un long bureau de palissandre, posé au centre d'un épais tapis crème.

Elle revient sur ses pas, entre dans la vaste cuisine aux murs couverts de faïence bleue ; les carreaux de Delft font inlassablement tourner les ailes battues par le vent des moulins de Hollande. S'alignent au-dessus de l'évier en pierre grège, une collection de casseroles, sauteuses, poêles et ustensiles, dont le cuivre rougeoyant joue avec la lumière, réchauffe la pièce parsemée de reflets. Une robuste cuisinière Aga bleu nuit à huit feux trône en véritable maîtresse des lieux.

Au-dessus de sa tête, elle entend aller et venir madame Joly. Les mêmes grincements qui dans la maison de ses grands-parents faisaient chanter les parquets lorsqu'enfant, elle s'amusait à courir d'étage en étage dans leur grande maison située rue de Longchamp, en bordure du bois.

— Je vous invite à me rejoindre, lui lance la jeune femme du haut de l'escalier. Tous les volets sont ouverts maintenant. Vous aurez un bon aperçu du potentiel fabuleux de cette habitation.

Eloïse gravit les marches appréciant la balustrade de laiton qui allège l'imposant édifice de ses fins entrelacs de feuilles d'acanthe stylisées. Le palier dessert un long corridor dans lequel elle compte sept portes ; elle ne peut réprimer un demi sourire en pensant à Barbe-Bleue.

Au mur, deux tableaux de paysages aux pigments sombres et encrassés évoquent des soirs de tempête. L'un d'eux, particulièrement jauni, lui rappelle vaguement une œuvre déjà vue sans qu'elle ne parvienne à se souvenir ni du lieu, ni du nom de l'artiste. Elle s'approche de la bordure inférieure droite du cadre où se devine l'existence d'une signature devenue illisible. La patine du temps et le verni terni, craquelé, assombrissent considérablement l'ensemble.

Toute son enfance, sa grand-mère aux goûts très sûrs et éclectiques a pris en charge son éducation artistique, la promenant main dans la main, de musée en musée, courant après toutes les expositions.

Délaissant les deux portes aux extrémités du couloir, elle jette un rapide coup d'œil aux cinq chambres, chacune dotée d'une cheminée de marbre blanc, vert, ou jaune. Lui revient à l'esprit la découverte du site lunaire de Carrare, son éblouissante lumière reflétée par les blocs de pierre éclatants. De hautes fenêtres laissent entrer la lumière à flots. Un cabinet de toilette succinct prolonge chacune d'entre elles. La plus spacieuse dispose d'une véritable salle de bain, un échiquier noir et blanc au sol, avec en guise de pion une baignoire de fonte aux pattes griffues. Au loin, à travers les carreaux de verre encrassés, elle devine plus qu'elle ne l'observe le léger moutonnement de la mer. D'une main elle balaie dans l'embrasure les fils d'une toile d'araignée, occupante discrète et silencieuse.

Sur l'arrière, une véranda de style empire s'adosse à la demeure. Seule pièce entièrement vide, on y devine sur le sol les traces des larges poteries jadis entreposées.

— Que pensez-vous de cette visite madame Valence ?

— À vrai dire, je suis un peu impressionnée et… comme étourdie, lui répond Eloïse rêveuse.

— Comment ne pas l'être ? En plus de sa situation, de son caractère, cette demeure a réellement quelque chose de féerique qu'il est difficile d'exprimer.

— C'est bien ce qui me remue, chuchote Eloïse, plus pour elle-même.

— Je propose que nous nous revoyions à l'étude dans un mois pour finaliser la succession. Cela vous convient-il ?

— Cela me va, je vous recontacte prochainement pour convenir d'un rendez-vous.

La visite s'achève par la découverte d'un extraordinaire jardin au panorama époustouflant. Née de la palette d'un peintre romantique, une vue à couper le souffle se déploie sous leurs yeux ébahis. Eglantiers et rosiers anglais aux tons de pêche exhalent une senteur enivrante depuis le parapet léché par l'écume des flots iodés.

Soudain, les deux jeunes femmes sursautent en un même élan. D'une envolée lyrique, un bruant jaune les survole si près qu'elles ressentent juste au-dessus de leurs têtes le déplacement d'un souffle l'air. Un battement d'ailes, la caresse d'un au revoir…

Chapitre 2

Paris

De retour rue Longchamp à Neuilly, Eloïse entreprend de ranger les papiers dont regorge le bureau de son grand-père. Maintes fois elle a remis à plus tard cette tâche ingrate, préférant voler un instant de grâce dans le jardin, ou devant un feu de cheminée dansant.

En totale inadéquation avec son âge, ses besoins, sa vie de célibataire, cette bâtisse est devenue sienne depuis un triste jour. C'est toujours avec chagrin qu'elle envisage devoir s'en séparer, résolution chaque fois reportée, craignant être confrontée à une seconde perte. À cette évocation, une vague insubmersible se profile aussitôt à l'horizon paralysant toute initiative, la délestant de toute l'énergie nécessaire.

L'entière absence des siens,

La musique des petits riens,

Quelques sons cristallins,

À jamais éteints.

C'est ici qu'elle a passé la majeure partie de son enfance. Les carrières internationales de sa mère violoniste et de son père chanteur d'opéra, impliquaient leurs désertions fréquentes de l'appartement familial situé à quelques rues. Finalement le jour de ses huit ans, au moment de souffler ses bougies, déjà lasse des allers-retours continuels d'une chambre à l'autre, la petite fille avait osé formuler à voix haute le souhait de venir vivre chez Mamilou et Papylou. Long silence autour de la tablée mal à l'aise.

Un vœu incandescent emporté dans les volutes odorantes de jasmin d'une bougie allumée sur le manteau de cheminée.

Muets dans un premier temps, ses parents choqués avaient émis de catégoriques refus, non négociables, confrontés à l'image parentale écorchée, si ce n'est désastreuse, que leur renvoyait ce projet d'organisation. Tout aussi surpris, ses grands-parents touchés, demeurèrent discrets à ce sujet, de peur de blesser leur fille ou leur gendre. Contre toute attente, à force d'insistance et de persuasion, Eloïse avait, quelques mois plus tard, obtenu gain de cause et déménagé. Faire ployer quatre adultes. Quelle victoire !

À peine arrivée, elle commence par arroser les plantes de la serre située en contre-bas. Passionnés tous deux de jardinage, ses grands-parents rapportaient de leurs voyages des graines qu'ils parvenaient, la plupart du temps, à faire pousser. Un gigantesque bananier s'épanouissait là depuis toujours. Longtemps retenus par la présence de leur petite-fille, son départ vers d'autres latitudes les avait libérés, leur offrant une amplitude de déplacement nouvelle, repoussant les murs de leurs frontières intérieures.

L'Italie avait conquis le cœur de ses aïeux. Elle comprenait maintenant leur attachement viscéral à cette terre, et pourquoi ils se sentaient redevables envers ce pays. Elle avait observé qu'ils renouvelaient fréquemment leurs séjours au nord, en Vénitie, ou dans la région de Naples, succombant, pensait-elle, à la vue sur le Vésuve, à l'enchantement des jardins de citronniers surplombant la Méditerranée.

Elle entendait encore leurs voix entonner avec bonheur quelques airs de Rossini, tel Il viaggio a Reims, ou les couplets de Tino Rossi vantant les îles d'or ensoleillées. Un joyeux équipage sur les routes escarpées. Une échappée.

Lorsque les tournées de ses parents coïncidaient avec ses vacances scolaires, il lui arrivait parfois de les suivre à des milliers de kilomètres, au Japon, à New-York, ou en Argentine. Pourtant, malgré leurs efforts manifestes, l'aménagement de leurs emplois du temps respectifs, le sentiment étrange de les importuner ne la quittait jamais tout à fait.

Aussi préférait-elle repartir avec Mamilou et Papilou, arpenter à nouveau les pentes raides du Vésuve, circuler dans le petit train touristique desservant les villages aux alentours, flâner dans les ruelles le nez au vent, commenter tel détail d'architecture, guidée par l'œil expert de son aïeule lui tenant la main.

Quelle n'avait pas été sa surprise d'apprendre inopinément que cet homme si disert avait partagé peu de temps avec sa propre fille ; souvent parti suivre de lointains chantiers de construction à l'étranger ! Ponts, canaux ou barrages qui rapprochaient ou séparaient les populations autochtones, devenus parfois les enjeux de conflits inextricables ou d'interminables luttes de pouvoirs.

Une remarque acerbe de sa mère, envoyée comme une flèche à son propre père, lui avait mis la puce à l'oreille avant qu'elle ne se fasse expliquer la profession qu'il exerçait autrefois.

De cours, en promenades et découvertes, les années avaient glissé emportant son enfance, et révélant une jeune-fille décidée au caractère bien trempé. Seul l'apprentissage du piano lui résistait.

Terriblement exigeante avec elle-même, elle validait chaque année ses examens au prix d'intenses efforts confinant à l'abnégation, au renoncement, pour entendre les treize lettres magiques du mot « Félicitations ! ».

Chaque matin, le réveil sonnait à 5h30 afin de travailler sa partition, avant le commencement de sa journée d'élève, puis de collégienne. Au retour de l'école, le rituel immuable se répétait de 17h à 18h avant d'enchaîner avec ses leçons. Une vie d'automate, sans pause. Les silences essentiels, les respirations, qui en musique orchestrent tout, lui manquaient. Elle avait fait un parallèle entre ces symboles fréquemment accrochés aux portées qu'elle déchiffrait, et sa vie de fillette au rythme insatisfaisant. Altération à contre-temps.

Elle eut souhaité réécrire la partition de sa vie. Comment oser lorsque les adultes ont tout orchestré ?

Bousculée. Déplacée. En mouvement. Voilà ce qu'elle ressentait à tout instant. Peu de place pour la rêverie, l'évasion, l'ennui, la contemplation… Point de relâchement. À tout temps son utilité. Comme elle enviait ses amies qui se plaignaient parfois de ne savoir que faire, s'ennuyant le soir ou le week-end auprès de leurs parents ! Celles-ci ne mesuraient pas leur chance et pouvaient se retrouver librement après les cours, arpenter les pavés en bavardant. Bulle de légèreté. Confidences et insouciance tel un plaisir extravagant, inenvisageable pour la jeune musicienne.

Réglée comme du papier à musique, la vie d'Eloïse se déroulait sur le tempo d'un métronome aux battements bloqués sur presto ou prestissimo. Largo, lento, adagio envolés. Avec pour seul horizon la satisfaction du travail bien fait, l'enfant bouillonnante affichait la sérénité trompeuse d'un lac azur à la surface inerte, dont les eaux calmes, par d'obscurs courants peuvent subitement devenir dangereuses.

Rétrospectivement, l'image d'un papillon s'épuisant à battre des ailes trop rapidement, lui semblait assez proche de la jeune pousse qu'elle fut.

Être éphémère de quelques années à l'enfance volatile.

À plusieurs reprises, elle avait tenté de s'en ouvrir auprès de sa mère. Mais le dialogue entre elles, toujours compliqué, manquait souvent de fluidité et se soldait la plupart du temps par une forme d'incommunicabilité. Un échec amer après chaque essai, à l'image de pièces d'engrenage grippées refusant tout mouvement. En bouquet final, des flèches acerbes lancées de part et d'autre pour conclure.

Sa mère prétendait la connaitre mieux que quiconque et, en conséquent, savoir mieux qu'elle ce qui lui convenait. Il lui était difficile de rétorquer quoi que ce soit à la phrase anesthésiante, lâchée froidement avec une pointe d'agacement, entre deux départs :

« Eloïse, ne me rends pas la vie plus compliquée ! Tu vois bien que nous faisons le maximum pour toi. » Le regard maternel changeait alors imperceptiblement, la douceur du velours s'estompait, émergeait des iris d'or la dureté du silex.

Impuissante, elle sentait poindre une onde de colère contenue, un ressac comme une vague refoulée. La mer qui se retire avant qu'elle ne revienne tout dévaster, lame gigantesque emportant sur son passage la digue des émotions.

Un éternel baiser sur le front scellait la discussion avant d'entendre claquer la porte d'entrée. L'orage menaçait, prêt à éclater. Un déferlement de sentiments contradictoires la submergeait, une sourde irritation, la houle de l'exaspération grondait en elle. Une brûlure à vif sans baume.

Explosion de haine.

Un éclair déchire le plomb du ciel.

Chapitre 3

La professeure de piano

Mes doigts déformés ne volent plus sur les touches d'ivoire, montant et redescendant avec grâce et légèreté les arpèges d'une plage de sable blanc et noir. Des copeaux de givre les font déraper. Le verdict est sans appel. Le mal ne va pas s'arranger. Je commence chaque journée en échauffant méthodiquement mes poignets enneigés, et mes articulations douloureuses. Après un premier café, suivent les exercices de souplesse dictés par mon kiné.

Sur le bord du clavier, j'écarte au maximum mes doigts de glace, sans plus parvenir à aligner, sur une droite parfaite, pouce et auriculaire. En pleine gamme, les doigtés enseignés une vie entière avec rigueur, annotant chaque note des chiffres un à cinq sur les partitions de mes élèves, me font défaut. Deux mains engourdies sans plus de célérité. Je pose un quatre pour un trois, le cinq m'échappe ; je tente de rattraper maladroitement les fantaisies que j'ai tant de fois reprochées. Pourquoi un tel niveau d'exigence ? Une école de la vie semblait-il alors. La ligne conductrice du conservatoire.

Si c'était à refaire, j'accepterais davantage les pas de côtés. Bien sûr cela ne collait nullement avec les attentes et valeurs inculquées au sein de notre institution. Décalage, créativité et fantaisie, rejetés, hors de propos.

Une de mes petites élèves se rappelle à ma mémoire. Un visage où se lisait moins la détermination que la résignation. Lors de chaque audition annuelle, mes collègues louaient son sérieux, son interprétation, sa sensibilité avant de la féliciter. Quel était donc son nom ?

Un froid matin de septembre, réunis autour d'un café dans la petite salle de réunion, j'osai émettre un doute sur la réelle motivation de cette excellente élève.

— N'avons-nous pas face à nous un petit singe, une enfant sommée de suivre un choix parental, de combler quelque rêve déchu ?

Haussant les sourcils, le directeur apprécia peu mon analyse et me répondit sèchement, d'un ton ne supportant aucune réplique :

— Voyons, Madame Embach ! Vous vous faites des idées…tant de talent lors des examens de fin d'année, tous passés avec brio !

Pourtant, plus d'une fois, en observant l'enfant franchir le seuil de ma salle de cours, cette intuition s'imposa à mon esprit. Quelque chose d'indéfinissable, de difficilement explicable. Sa démarche, son langage corporel, me fournissaient, mois après mois, année après année, la désagréable impression d'accueillir un petit singe. Certes, brillant ! Mais sans âme. Une enfant dotée d'un sens aigu de l'observation et du devoir, de l'immense volonté de ne pas décevoir les attentes des uns et des autres. Cette remarquable abnégation entraperçue un soir au fond de ses prunelles claires me mettait mal à l'aise.

Au cours de ma longue carrière, combien ai-je croisé d'élèves dont les propres désirs ne furent pas écoutés, tenus de réaliser les rêves engloutis de leurs parents ? Mes tentatives de dialogue sur leurs motivations se soldaient soit par leur mutisme, soit par la certitude d'avoir un petit perroquet, répétant avec loyauté, mot à mot, les propos parentaux.

Contre toute attente, quelques jours plus tard, cette petite fille de douze ans se planta devant moi dès son arrivée et m'annonça en détachant chaque syllabe : « Je n'ai-me-pas-le-piano-ma-da-me-Embach ». Une poignée de mots lancés comme une bouteille à la mer. Cette enfant aux longues boucles brunes relevées en queue de cheval s'en remettait à moi pour remédier à sa peine, au profond malentendu, difficilement abordable à la maison. Sa détermination sonnait comme le glas d'un long calvaire.

Habituellement accompagnée par sa grand-mère, je pris la décision de solliciter un rendez-vous avec ses deux parents. La rencontre n'eut jamais lieu.

Fin novembre, bouleversé, le directeur de l'école de musique interrompit ma classe et m'apprit derrière la porte la teneur de l'appel qu'il venait de recevoir. Les parents de cette petite venaient de disparaitre. L'hélicoptère qui les menait pour une répétition de Melbourne à l'opéra de Sydney s'était crashé. Les recherches se poursuivaient.

Je me demande ce qu'est devenue cette enfant. Une jeune femme maintenant. Joue-t-elle de la musique ou bien la pratique imposée d'un instrument l'a-t-elle définitivement rebutée, l'orientant vers d'autres activités, désertant la sphère aux mille portées ?

Je n'ai pas eu d'enfant. Une vie à contretemps. Une histoire de timing, de rendez-vous ratés avec l'homme de ma vie. Non pas que nous n'ayons pas partagé de bons moments ensemble, mais monsieur était marié. Tant de fois il m'a promis qu'il se séparerait de sa femme. Tant de fois je l'ai cru, ou plutôt j'ai fait semblant de le croire. Puis les années ont passé.

Un homme de passage, de fumée, un mirage,
Une femme seule adossée contre un mur de pierre,
Rêve de s'extraire des longs bras de lierre,
De l'homme de paille, de papier, sans âge.

De maladresse en maladresse, de mensonge en mensonge, mon grand amour a perdu de sa superbe. Je l'aimais toujours mais son emprise s'estompait. Jusqu'au jour où, stupeur ! Sans prévenir il est arrivé chez moi, un sac de week-end en cuir brun au bras. Après quinze années de compromis, à refuser de voir l'évidence même, madame venait de le mettre à la porte. Elle se séparait de lui.

C'était fini. Pour elle. Pour moi. Pour nous aussi.

Il l'a très mal pris.

Les épaules basses, déçu, mon homme flou est parti,
Délestée de l'attente, enrichie de fils d'argent,
Ma vie a repris.

Chapitre 4

Souvenir d'une métamorphose

Allongée sur les coussins du salon, Eloïse feuillette des albums de voyages. Une photographie d'elle, sur la Plaza de Espana à Rome, la projette l'année de ses douze ans. Suite à la perte de ses parents, ses grands-parents avaient organisé un long périple de trois mois à travers plusieurs régions italiennes, de la Lombardie aux Pouilles, en passant par la Ligurie, la Toscane et la Vénétie.

De ses yeux d'enfant, elle n'avait pu saisir l'enjeu, ni cerner l'ampleur du plan de sauvetage qui, maintenant, lui saute à la figure, faisant naître un éternel sentiment de gratitude.

Il lui semble, a posteriori, que cette odyssée projetait de raviver un à un ses sens éteints, sclérosés, visant une forme de feu d'artifice proche de la synesthésie. Selon Baudelaire, les parfums, les couleurs, et les sons se répondent en une cacophonie de dialogues intérieurs avec le monde. Or, de région en région, de pas en pas, de baignade en baignade, la bambine s'était ranimée, redressée, une chrysalide opérant sa mue. À tel point qu'à son retour, elle s'était à peine reconnue dans la psyché de sa chambre.

Une jeune fille la toisait avec assurance, l'esquisse d'un sourire au bord des lèvres. Son regard, empli de mille constellations, s'était ouvert, semblant dévorer le monde.

Tout d'abord, ils s'étaient rendus tous trois en voiture à Gênes, où une surprise l'attendait après la visite de l'aquarium. Lui revient le souvenir intact de sa joie dans le port de plaisance lorsque, jouant à chaud et froid, Mamilou lui désigna le petit yacht en guise d'hôtel. Les nuits passées dans la cabine bercée par un doux roulis, l'émeuvent encore. A proximité, le galion Neptune, drapeau noir hissé, nourrissait ses rêves de pirates envoyant des boulets sur la citadelle proche. Trésors, corsaires, îles désertes et perroquets défilèrent longuement sous ses paupières closes d'enfant déchiffrant d'authentiques cartes de navigation.

Longeant la côte ligurienne, ils séjournèrent dans un port des Cinq Terres, se rafraîchissant de glaces au parfum stracciatella ou fiori de latte. Avant la baignade, elle aimait particulièrement aider Mamilou à refermer les persiennes vertes pour la sieste. Volets clos sur la façade ocre donnant sur le petit port coloré.

À Lucques elle avait rempli d'esquisses son premier carnet. Logés chez l'habitant dans la vieille ville, la découverte de leur grande chambre aux murs couverts de fresques végétales l'émerveilla. Oiseaux, arbres, et ruines en trompe-l'œil enchantaient son séjour rythmé par les balades à pied ou à vélo sur les remparts romains. Sur son lit, des touffes de romarin lui chatouillaient les pieds pendant qu'elle se remémorait sa chaude journée, l'ascension des tours et campaniles, la récompense des panoramas toscans époustouflants.

Rome lui avait littéralement ouvert les bras. Des flashes. Elle se revoit tournoyant au milieu des places successives, exprimant ainsi la joie qui s'immisce à nouveau dans son corps d'enfant exposé au regard bienveillant d'immenses statues protectrices. La légende de Remus et Romulus en tête, elle arpente le forum au chant des cigales, gravit les hautes marches du Colisée s'imaginant vêtue d'une stola brodée, ceinte de rubans, telle une antique Romaine. La fièvre des récits de Papilou la transpose dans une lointaine époque où d'autres petites filles déambulent Via Appia, suivent leurs mères chargées de paniers remplis d'olives, de pains, de fruits, dans l'agitation et le dédale du forum.

Cet ancien monde la sauve, la régénère. Elle le ressent inconsciemment, plus qu'elle ne saurait l'exprimer.

Dès lors commence un dialogue inachevé avec les grands maîtres italiens, les sculpteurs, les mosaïstes, les graphistes, qui lui parlent de leurs œuvres, de leur passion, de leur obsession à sublimer le quotidien.

C'est pour elle l'apprentissage d'une langue nouvelle, celle de l'histoire de l'art, dont les mots la séduisent de leur pouvoir magique. Elle se souvient des tout premiers termes retenus, des mots de sorcier, répétés à l'envi : « roman-pisan » et « marqueterie de marbre polychrome ». Sonorités curieuses, aux vertus cabalistiques, croquantes entre ses dents, sucs et saveurs mêlés de sucre d'orge. Sa petite main posée sur le sol de marbre froid, attirée par les contours de motifs plus grands qu'elle. À genoux, elle scrute ce langage séculaire. Une forme de grapholecte hypnotisant. Que lui dit-il ? Qu'en reste-t-il ?

L'art partout. Au-dedans. Au dehors. Contre sa peau. Doux, lisse, rugueux. L'art qui se cogne à vous, se respire, se digère, se pétrit comme une terre argileuse, vous interpelle, vous pénètre, vous blesse parfois. Trop d'émotions, un regard mélancolique en miroir, une scène tragique. Les yeux exorbités par la terreur des mères qui s'enfuient emportant leurs tout-petits contre leur sein, les corps mutilés, les ravages de la faim, les combats, les épidémies, le temps qui se frotte au sublime d'une étoffe de soie, d'un drapé, d'un voile rose ou orangé, qu'elle eut volontiers attrapé. La révélation monstrueuse que barbarie et horreur traversent les temps apocalyptiques. Sur une dalle fraîche, une méduse terrifiante glace son sang enfantin.

Ensuite, ils mirent le cap vers la côte tyrrhénienne et la baie de Naples à bord du Circumvesuviana. L'impressionnante silhouette du Vésuve dominant toute la baie la frappa immédiatement, celle d'un monstre géant assoupi, prêt à engloutir les milliers de vies déferlant dans les ruelles à ses pieds. Au loin, les formes douces du volcan dissimulaient les gouffres effrayants de profonds cratères.

Le raffinement des villas de Pompéi et les mosaïques colorées la subjuguèrent par tant d'habileté des artisans à représenter lions, dauphins, serpents, oiseaux avec de simples fragments de pierre, de terre, de verre, tesselles juxtaposées avec la plus grande minutie. Le soir, elle dessinait puis lisait les aventures d'une petite esclave Livia, qui l'avait précédée, foulant de ses pieds les mêmes pavés. Livre et lieu associés indéfiniment dans ses souvenirs. Fiction et réalité à jamais mêlés.

Naples. Labyrinthe enchanteur de son étouffant musée d'archéologie aux parquets grinçants. Sandales à la main, la chaleur intense, suffocante, celle d'un four, inondait chaque salle, mais l'embarrassait à peine tant les vitrines regorgeaient de merveilles. Etonnement de découvrir des jeux d'enfants en abondance : dès, hochet, poupées de bois, pions…Une civilisation disparue, finalement proche, avec des loisirs, des envies, des préoccupations, et des besoins quotidiens, identiques aux siens.

Plus au sud encore, telle une exploratrice, elle garde intact l'ébahissement qui la saisit face aux temples colossaux de Paestum. Le calme et le silence du site oublié, ponctués par le bourdonnement des insectes. Ses courses sur l'herbe jaunie devant les massives colonnes multimillénaires derrière lesquelles elle se cachait, comme d'autres fillettes, là encore, l'avaient fait bien avant elle.

Arrêt. En suspension dans l'air, sur une autre photo prise par Papilou, ses bras dressés vers le ciel, paumes ouvertes, célèbrent l'allégresse qui s'empare d'elle dans cette cité grecque avec la sensation enivrante de se délester d'un fardeau, de le confier au lézard tout proche immobile sur une pierre brûlante. Le poids d'une confidence trop lourde à porter pour ses frêles jambes.

Un léger souffle la soulève alors et l'emporte à nouveau vers des bonheurs possibles, permis. La même joie intacte lorsque la mer tiède lui ouvre ses bras caressants, puis les referme sur elle. Nulle frayeur. L'abandon. Une méduse inoffensive gît sur le sable, pareille à son double d'avant.

Ici, son horizon obscurci se dégage soudainement. D'immenses voiles grisâtres se désagrègent, tombent en lambeaux que les flots engloutissent. Il ne fait aucun doute que le meilleur reste à venir, aux portes d'un jardin d'Eden. Un gigantesque sablier attribué à chacun dès la naissance, d'où s'échapperait enfin du sable blanc après le sable noir. Deux entonnoirs symétriques dont l'un s'est vidé de sa substance maléfique. Maintenant, plus rien ne peut lui arriver.

Une vague lèche ses chevilles, des voix l'appellent au loin sous les hauts pins embaumants l'air de leur résine. Elle ramasse un coquillage pourpre puis court les rejoindre, serrant dans son poing un trésor nacré inestimable.

Sable brûlant, enchantement, félicité,

Liesse, une amulette dans la paume fermée,

Les rouleaux du présent se mêlent au passé.

Chapitre 5

Paris

En vidant les armoires des chambres, Eloïse met la main sur la correspondance entassée là, une vie entière, dans les tiroirs pleins. Elle envisage un instant de jeter toutes les lettres, puis se ravise. Leur lecture lui permettra peut-être d'en savoir davantage sur la femme et l'homme qui se sont substitués à ses parents. Ce n'est que maintenant, tardivement, qu'elle les cerne dans une dimension plus complexe que celle attribuée par son regard enfantin, prisme réducteur.

Elle aimerait tant pouvoir les questionner, accéder à leur mémoire, les entendre répondre de manière cohérente à ses interrogations multiples.

Ils ne sont plus là, ou plus tout à fait. Leurs voix se sont éteintes. Une part d'ombre demeure désormais.

Une inclination irrépressible qui désintéresse tout jeune des vieilleries d'antan, sujets encombrants, et vous prive ironiquement de réponses ensuite. Ne surtout pas s'appesantir sur cette négligence. Etrangement, lui reviennent à l'instant, comme soufflés dans son oreille, les mots répétés par sa grand-mère :

« Seul le présent compte, chéris-le, savoure-le. La vie se croque mon petit. Tu me le promets ? »

Sur les lits s'amoncellent costumes, vestes, pantalons, cravates, ensembles et robes de lainage, de coton, de soie, qu'elle s'empressera de déposer au Secours catholique. À plusieurs reprises, elle repose un cintre succombant au charme suranné d'un motif, d'une coupe, d'une étoffe raffinée. Des chaussures de tous genres s'entassent dans le couloir, destinées pour quelques-unes seulement à des boutiques vintage, escarpins griffés, sandales à plumets, de folles années.

Elle s'astreint à faire taire ses sentiments devant certaines pièces étudiées avec trop d'attention. Etonnée elle découvre plusieurs tenues de cavalière soigneusement conservées dans leur housse. Pourtant, pas une fois Mamilou n'a évoqué le monde de l'équitation. Pourquoi un tel silence ?

« La nostalgie ne sied pas à la vie, elle dépose un voile terne sur tout. »

Après l'abandon brutal de la musique, elle avait invité son aïeule, d'abord récalcitrante, à l'inscrire au cercle d'équitation du bois. Une activité de plein air qui te fera le plus grand bien, lui avait-elle finalement concédé. Pendant quelques années, elles s'y étaient rendu toutes deux chaque mercredi. Indéniablement, les soins à prodiguer à sa monture lui apportèrent un réconfort immédiat, de même que la complicité qui se noua avec la jument.

Un souvenir vif. Les odeurs de foin, de fourrage, de crottin lui chatouillent encore les narines, sans lui déplaire. Puis les joies des parcours réussis, gymkhana et concours avec quelques copines vinrent remplir les week-ends à une fréquence soutenue.

Panser l'animal, le soigner, le bouchonner, le câliner, lui parler, voilà ce qui représentait l'attrait majeur de cette singulière relation.

Ce qui l'intrigue, c'est que sa grand-mère ne lui a jamais confié la moindre expérience en la matière, si ce n'est ce conseil tant et tant répété :

« N'oublie pas que c'est toi qui commandes ta monture ! Tu décides !»

Pourquoi un tel silence ? De toute évidence, vu le nombre de tenues, Mamilou n'était pas une cavalière du dimanche. Manifestement, sa vie tourna un temps autour de cet univers. Bombes et médailles l'attestent, stockées précieusement dans des boites alignées sur la dernière étagère.

Comment avait-t-elle pu passer à côté de celle qu'elle croyait si bien connaitre ? Pas une conversation ne l'avait aiguillée dans cette direction. Encore qu'à bien y réfléchir, elle se souvient des nombreuses connaissances saluant sa grand-mère au club.

Enfant, cela lui semblait naturel. Elle en éprouvait même une certaine fierté, parfois une pointe d'agacement, si souvent interrompues toutes deux dans leurs échanges. Avec le recul, elle réalise maintenant sa profonde méprise, une libellule posée sur un lac profond, ignorante du monde englouti sous ses pattes, entrelacs d'algues vertes, brunes et rouges.

Que cachait cette femme derrière ses miroirs ?

Il eut suffi qu'enfant elle ouvre les deux grandes portes vitrées pour entrer dans l'intimité de Mamilou, et la questionner à tout-va. Mais franchir le seuil de cette chambre ne se faisait tout simplement pas sans y être invitée pour des moments de causerie, assise sur le lit, où son aïeule appréciait de prendre le petit-déjeuner, amoureusement dressé sur un plateau de laque chinoise.

En quittant la pièce elle emporte un paquet de lettres reliées par un joli ruban bleu nattier. En le ramassant, elle note intriguée l'absence d'adresse sur l'enveloppe du dessus, puis devine, plus qu'elle ne les lit, les cinq lettres tremblantes de son prénom, en une fine écriture tracée au crayon à papier…

Chapitre 6

Lettre de Mamilou, enveloppe mauve

Mon papillon,

Ma libellule, je m'en vais chaque jour un peu plus loin, au pays de nulle part explorer un monde sans mur, ni frontière, sans bruit, ni cri.

J'ai décidé de m'adresser à la femme déterminée que tu es devenue. Tant de sonorités heureuses résonnent encore à mes tympans tels de joyeux clairons. Comme j'aimais entendre tes rires en cascades ! Ils ont irrigué mes veines d'un souffle fort, années après année, au-delà de ton départ. Après l'accident, tu t'es brutalement tue, prisonnière de ta détresse, murée dans un silence source d'une extrême angoisse. La décision s'imposa d'elle-même. Nous devions changer d'air.

Je bénis encore ce soir de début juin, où avec Papilou notre choix s'est porté sur l'Italie. Départ immédiat ! Je dois à ce pays, à sa civilisation, à ses musées, à son architecture, à sa langue, à sa beauté, d'avoir retrouvé ma petite fille, alors qu'elle s'étiolait et que nous la perdions, noyée dans son mutisme. Etrange programme que de noyer de culture une enfant choquée par la perte brutale de ses parents, une chute vertigineuse.

Un pari ! Et pourtant, ça a marché. Et le miracle s'est reproduit en plusieurs lieux. Etonnamment, de jour en jour, ton regard se modifiait, s'élargissait, s'animait, embrassant le monde que tu découvrais, ou plus exactement, redécouvrais. Un monde qui te parlait, te bousculait, te touchait.

Voir. Savoir observer. Regarder attentivement s'apprend. L'œil s'exerce dès tout petit.

À Amsterdam, face aux œuvres obscures des Hollandais, ta mère, alors petite fille de douze mois, tenue à bras à hauteur de tableau, tendait sa petite main vers les animaux que nous commentions. Elle, dans son babillage, moi lui décrivant les volailles, les chats, les chiens, les ânes, les chevaux et poissons qui se glissaient parmi les scènes de vie, à l'angle d'une ruelle, dans un âtre tiède, sur les étals des marchés, posés sur la table d'une cuisine. Viviane s'animait, babillait, s'arc-boutait devant chaque trouvaille. Je remerciais Rembrandt, Vermeer, Van Eyck, qui de leur art éveillaient mon enfant.

D'Italie, nous sommes rentrés avec une autre Eloïse, riche de ses rencontres avec Michel-Ange, Raphaël et Botticelli. Une enfant qui noircissait de croquis ses carnets que nous achetions à chaque étape de notre périple. Affamée de tout ce que tu voyais, le motif d'une façade, l'encadrement d'une fenêtre byzantine, le détail d'une statue, une fontaine, un angelot, une Madone…

Trop heureuse de constater ce regain d'intérêt pour le monde des vivants, je prétextais sans cesse le besoin de nouvelles lectures pour fréquenter toutes les librairies sur notre chemin. Tu flânais autour des crayons et aquarelles au rayon des arts, pendant que je traînais autour des romans. Nous en sortions l'une et l'autre souriantes, confiantes, certaines de tenir en main, chacune, un trésor, comme les cailloux dont tu remplissais tes poches, bambine.

À moi de nouveaux auteurs à découvrir, à toi un imaginaire à déposer sur les feuillets blancs. À Rome, sur la piazza Navona, tu dessinas un après-midi entier la fontaine des quatre fleuves. T'en souviens-tu ? Nous te surveillions installés en terrasse à proximité, un verre à la main, un livre ou la presse dans l'autre. La légèreté, la fièvre, embrasaient à nouveau tes yeux vifs d'un éclat transperçant lorsque tu revins vers nous, transfigurée.

Il faut bien reconnaitre que tu avais déjà un sacré coup de crayon, une maîtrise des ombres, une observation aiguë de ce qui t'entoure. Pour te féliciter du chef-d'œuvre achevé, nous sommes entrés dans la belle boutique de jouets qui se situait en haut de la place.

De monumentales peluches des cinq continents y cohabitent sûrement encore. Petit ou grand, si l'on a gardé une âme d'enfant, le charme opère en ce lieu unique. Dès l'entrée, suspendu au plafond, un incroyable serpent scrute de ses yeux hypnotiques les flâneurs. Marionnettes, baguettes, capes de magiciens, costumes, chapeaux, poupées, licornes, chevaliers, épées, boucliers, figurines, tigrons, girafes et doudous abondent.

Magie de cette boutique, odeur délicieuse des boiseries anciennes de l'étroit escalier encaustiqué qui menait à l'étage, où attendaient d'autres bonheurs. Après nous être longuement attardés devant un énorme ours, nous en sommes ressortis avec un ravissant petit écureuil roux, blotti contre toi chaque soir pour t'endormir.

À Pérouse, j'ai bien failli commettre un impair, prête à réserver des places pour le concert annuel des plus grands espoirs du piano. Ta mine renfrognée, mon Eloïse, m'a rappelé à temps ton absolue nécessité de tourner une page sur tout. Y compris la musique. Bien que privés de festival, des notes de musique flottaient dans les airs, s'échappant à longueur de journée de la salle de concert, lors des répétitions des jeunes virtuoses. Ma petite Perle, tu te ranimais, transformée de jour en jour. Je n'osais y croire, à peine l'évoquer avec Papilou, de peur de rompre le sortilège. À l'affût, nos clins d'œil complices confirmaient nos observations mutuelles.

Arches, profils de vierge, palais crénelés, sculptures, divinités, saints, clefs, armoiries, puits, colonnades, lions et chevaux noircissaient tes carnets de croquis. De plus en plus à l'aise, des places entières apparaissaient sur les pages de vélin. Parfaitement identifiables, celles de Bologne et de Padoue se répondaient en grand format.

Quel soulagement de te voir étudier avec davantage de gourmandise les cartes des menus ; ton appétit revenait enfin. Avec un plaisir manifeste tu passais ta commande et nous jubilions de voir ton impatience expressive.

Plus tard, lycéenne, tu excellas dans les parcours de gymkhana exécutés avec l'assurance que procure la confiance en soi. Excellente élève tu dus nous faire entendre raison lorsque vint l'heure des choix d'orientation. Nous te voyions médecin ; tu te rêvais ingénieure dans l'aéronautique. Quelle surprise !

Après ton bac scientifique, et tes années en classe prépa, tu intégras une école d'ingénierie à Toulouse. Distance. Inquiétude. Heureusement, tes comptes rendus téléphoniques réguliers et enthousiastes finirent par nous rassurer. À tel point que nous adhérions pleinement à ton projet. Tellement fiers de notre Libellule !

Lors des vacances, chacun de tes retours donnait lieu à de longues conversations avec Papilou, passionné de sciences et de robotique. Je t'écoutais l'initier avec passion aux technologies nouvelles. Je vous entendais deviser longuement au sujet du développement de nouveaux matériaux, qui offraient des propriétés et possibilités prometteuses.

Une infinie complicité s'est nouée dans notre trio. Une tresse à trois brins colorés, libres et joyeux, du plus bel effet sur les tenues traditionnelles des tribus ancestrales.

Ton épanouissement évident me réconfortait. Pourtant, sache que les affres du doute ne m'ont guère épargnée les années passées. Être responsable du devenir d'une jeune personne n'est pas rien. L'intransigeance dont j'ai fait montre à l'égard de ma fille se délitait à ton contact Eloïse.

Les horaires des sorties, les invitations, les soirées, toutes ces négociations laborieuses, épineuses, avec ma propre enfant, se firent avec toi en douceur. Je te reconnaissais une maturité rare, stupéfiante, comme si l'enfant s'était effacée depuis longtemps. La perte brutale de parents métamorphose-t-elle précocement une apparente chrysalide en papillon ?

Pourtant, je redoutais qu'en dépit du fragile cocon protecteur que nous nous acharnions à bâtir autour de ta jeune personne, celle-ci ne vienne à flancher un jour. Sans signe, sans prévenir. Comme cette copine de lycée qui sombrait dans l'anorexie, alternant les périodes d'hospitalisation et de scolarité chaotique. Un oisillon tombé du nid. Sa mère tellement désarmée. Tant de faits divers, de prédateurs aussi…

Grande lectrice, j'ai consulté à ce sujet maints ouvrages, lu quantité d'articles pour débusquer d'éventuels signes avant-coureurs. Je prenais d'infinies précautions pour les cacher dans mes tiroirs, de peur que tu ne tombes sur ce sujet attristant. Lorsque j'ai appris que les jeunes filles étaient nettement plus exposées que les jeunes hommes aux troubles alimentaires, ma peur a décuplé. Puis, ton comportement équilibré a fini par me rassurer.

Parfois, en plein mois de juillet, tu décrétais que c'était la Chandeleur. Les crêpes sautaient alors joyeusement des poêles et s'empilaient pour les gourmands. La cuisine enfarinée ressemblait parfois à un champ de bataille, saladiers et moules s'entassaient alors que flottaient des arômes d'orange ou de chocolat. Instants de grâce dans la pagaille. Tu invitais fréquemment tes amis autour de notre table.

De nos jours, d'autres fléaux dardent leurs flèches vers la jeunesse... Pour le meilleur et pour le pire. Rien de tout cela n'existait à l'époque de ta mère adolescente, toujours bien à l'abri dans sa chambre, toujours protégée du monde extérieur derrière sa porte refermée. Tout a changé depuis. Pourtant je veillais, questionnais, surveillais.

Après avoir perdu la chair de ma chair il était exclu que quiconque s'en prenne à ma petite-fille. J'ai donc pris la décision d'ouvrir bien grande la maison à toutes tes relations et connaissances, sans juger, sans freiner, cernant chacune d'elles de rencontre en rencontre. Bien m'en a pris ! En revanche, nous avons tenu ferme sur l'horaire d'extinction des feux. Le sommeil c'était primordial !

J'ai vu défiler une galerie de jeunes gens, des oiselets ébouriffés, des coqs très soignés, des renardeaux loqueteux, des gazelles tatouées, des artistes, des rêveurs, des paumés, des blasés, des inquiets, des ambitieux, des esquintés, des perdus, des exaltés. Des mômes, attachants pour la plupart.

De musée en musée, en France ou à l'étranger, j'ai tenté de t'inculquer la force et le pouvoir de la peinture, du dessin, comme moyens d'expression capables d'émouvoir, de choquer, d'ébranler parfois. Je me souviens qu'à Madrid, pitchounette de quatre ans, tu as longuement disserté devant Guernica, totalement absorbée par l'œuvre monumentale du maître. Une longue conférence improvisée ! La guide qui accompagnait un groupe d'Espagnols à côté de nous s'est soudainement tue. En riant, elle t'a désignée de la main comme sa nouvelle collègue !

Magie de l'art ! Mise à nu des sentiments, des sensations. Emotions grattées au scalpel.

Evidemment ton envol vers la Laponie a ranimé la flamme de l'inquiétude. Un tison permanent. Qu'allait donc faire ma petite Perle si loin, perdue en territoire hostile, cent trente kilomètres au-delà du cercle polaire ? Je me suis mordue la langue pour ne pas protester, respectant ton souhait, affichant même des sourires de façade. Mais comment te protéger, si loin ?

Finalement, j'avais tort de redouter le pire. Pour un peu, je t'imaginais chaque jour poursuivie en pleine forêt, par un glouton affamé. Mis au pied du mur avec la réception de ta lettre d'acceptation, tu nous as sereinement ouvert les yeux ! Un autre système éducatif t'attendait, avec des jeunes gens motivés, tous sélectionnés sur dossier pour intégrer une université attractive. Tu nous as expliqué que, candidate retenue, quelle évidence, l'état suédois acceptait de financer tes études en pourvoyant à tes besoins mensuellement.

Là encore, tu nous as bluffés !

Je me souviens de tes derniers arguments : « Des milliers d'étudiants de toutes nationalités vivent à Kiruna dans une communauté où plus de cent nationalités se côtoient. Je deviendrai parfaitement bilingue Mamilou, et j'aurai la nature partout autour de moi ».

Comment refuser ? C'est le meilleur que nous avons toujours voulu pour toi. Et il me semble évident que tu as compris très jeune l'essentiel. Ce que tout enfant devrait intégrer, à condition que ses parents l'aient compris et l'exigent d'eux-mêmes. Ce n'est pas la palette qui fait l'artiste !

Le meilleur doit venir de soi, avant tout. Maintenant que tu lis cette lettre, tu le sais déjà. La régularité des efforts, l'investissement personnel finissent toujours par porter leurs fruits, en toute discipline. Une exigence de soi de chaque jour. Responsabilisation et autonomie, des valeurs à acquérir avant l'âge de dix ans selon moi. Une assistance excessive a un effet contre-productif, celui d'une béquille indispensable pour un enfant devenu passif, inactif, élevé sous cloche, qui manque de confiance en lui, d'esprit d'initiative, d'intelligence relationnelle, de créativité. Oser.

Certes, tu aurais pu avoir des difficultés de concentration, d'attention mais nous avions anticipé, mettant tout en œuvre pour que ce ne soit pas le cas. À ce propos, une voisine venue me rendre visite m'a un jour fait une étrange remarque, que je n'ai jamais pu oublier. J'étais vexée de son aveuglement, agacée de ses couleuvres précédentes, de plus en plus difficiles à avaler à chaque passage. Ce jour-là, j'ai rué dans les brancards dès sa première remarque.

— Comme tu en as eu de la chance avec ta petite fille qui réussit si brillamment !

— Face à un tel enjeu, sache que pas un jour nous avons misé sur la chance… On ne joue pas à la roulette russe avec l'avenir d'un enfant !

— Il n'empêche que vous avez eu bien de la chance tous les deux, insista-t-elle, malheureusement.

— Mais pas du tout Arielle ! Que racontes-tu là ?

L'exaspération, agrémentée d'une pointe de lassitude, m'envahissait. Peut-être aurais-je dû me taire, en rester là, tenir ma langue. Mais énervée, je n'ai pu m'empêcher de la mettre face à ses propres contradictions.

— Vois-tu, cela ressemblait davantage à un plan de bataille jubilatoire, quotidien, acharné, un challenge pour l'armer face aux exigences et aux contraintes de la vie. J'ai vécu cela comme une réjouissante épreuve d'endurance pour optimiser, jour après jour, son développement cérébral, veiller à la construction d'une personnalité épanouie, solide, sachant dépasser ses frustrations.

— Comment ? Que me racontes-tu là ? bredouilla-t-elle.

— Il n'y a tout simplement pas eu de place pour le hasard ! Mais, bien au contraire, à tout instant, des refus tenus, ou des choix occupationnels, culturels, mûrement réfléchis, assumés pour nourrir avec constance son intellect, sa curiosité, son imaginaire, sa créativité, la richesse de son langage… Un défi passionnant, vois-tu Arielle, un marathon qui en valait la peine, offrant de grandes joies ! C'est seulement bien après qu'est venue la saison des récoltes.

Mon interlocutrice irritée, me jeta un regard noir, intriguée.

— Vraiment ? me lança-t-elle la bouche crispée.

— Oui, un souci constant qui exclut d'emblée dès le début, ce que tu appelles la chance. Une volonté inébranlable de l'écarter des inepties que propose notre société. Comment distraire sa progéniture à moindre coût énergétique et temporel pour les parents ? Là, je sentis un vague malaise flotter dans la pièce.

— C'est-à-dire ? Explique-toi ! souffla-t-elle en tapotant la table.

J'en avais trop dit pour m'arrêter et poursuivis implacablement sur ma lancée.

— Pas plus tard qu'hier, je lisais l'article d'un neuroscientifique qui expliquait les résultats édifiants d'une étude comparative menée sur les cerveaux de deux catégories d'enfants. Ceux non exposés, ou très modérément, aux écrans de toutes tailles, donc globalement protégés, et ceux des jeunes consommateurs surexposés au quotidien depuis leur plus jeune âge, jusqu'à six heures quotidiennes, et ce parfois avant la maternelle…

— Et que dit cet article ? s'enquit-elle sèchement.

Là, je lui ai asséné le coup de grâce. Ce n'était peut-être charitable de ma part, j'en conviens. Mais après tant d'années à recevoir ses multiples leçons, injonctions et conseils, sur ce que je devais faire ou ne pas faire, je ne pouvais plus taire ce qui ma vie entière me tint le plus à cœur.

— L'imagerie démontre que les circuits cérébraux développés dans le premier groupe, qui s'occupe au quotidien avec de nombreuses activités créatives, ne le sont pas dans le second. Les circuits sont tout autres, situés dans d'autres zones, et peu performants pour les apprentissages. Je te laisse deviner quels enfants disposent des meilleures capacités d'attention, de concentration, de mémorisation, langagières, de structuration de la pensée, si déterminantes pour les études...

Je te l'avoue ma chérie, mon amie pincée n'a que modérément goûté mes propos. C'est une vérité trop criante pour qui a gavé d'écrans baby sitters de toutes tailles, de programmes insipides « à ne surtout pas rater », une gamine montée en graine trop jeune, que rien n'intéresse. Elle n'était pourtant pas sotte cette petite. Quel beau gâchis ! Je lui ai tout de même épargné le terrible constat d'atrophie cérébrale observé à l'imagerie dans le second groupe.

Tout de même, depuis quand les techniciennes dans l'intérim se pensent expertes en matière d'éducation ? J'ai appris par une jeune voisine qu'Arielle se permettait, comme d'autres, d'adresser chaque année des remarques aux professeurs de sa fille. Elle a le culot de leur faire porter le chapeau des effets dévastateurs de ses propres carences éducatives. Fait de société que de ne pas assumer ses erreurs.

« Tous des incapables », « responsables » de la fragilité des apprentissages de son enfant. Il est vrai que se remettre en cause demande du courage, un minima d'honnêteté intellectuelle pour accepter d'analyser un problème intrinsèque.

Qui donc partage le quotidien d'un enfant 365 jours par an ? Dans quel environnement toutes ces jeunes pousses évoluent-elles réellement ? À quelles images sont-elles exposées, à quels jeux des aînés ? Les relations avec leurs proches sont-elles saines, constructives, toujours respectueuses ? Tant de questions passées sous silence à l'heure où une fillette sur cinq, et un garçon sur douze, loin de trouver refuge en leurs foyers y subissent l'inceste.

Je peux te l'avouer. Ce jour-là, j'ai expérimenté à quelle intensité de révélation sismique l'ébauche d'une amitié vole en éclats !

Quand toi aussi mon Eloïse tu auras l'avenir d'un cher petit être entre tes mains, n'oublie pas que chaque jour compte pour semer des petites graines d'éveil. Je ne serai plus là pour partager ces instants extraordinaires, mais j'ai l'intuition que tu lui donneras le meilleur de toi. Que nichés l'un contre l'autre, vous embarquerez chaque soir vers de lointains horizons. Au nourrisson, tu liras les poèmes, contes, histoires et légendes qui ont bercé ton enfance.

Magie de la musique des mots, des sons, d'un regard émerveillé, pupilles dilatées, deux lacs profonds miroitants, écoutant, le souffle apaisé, Baudelaire et Rimbaud, en babillant. Prémices de délicieuses conversations.

Comme toi, cet enfant te demandera de lui relire maintes et maintes fois Le Chat Botté, Hansel et Gretel, Boucle d'or ; à se repaitre satisfait des épreuves et dangers surmontés au crépuscule. Tu savoureras intensément ces moments de complicité partagée que j'ai tellement aimés.

Lecture à deux voix, chacun sa page, le petit être qui devient lecteur émerveille. J'en ai pleuré de bonheur et de tristesse ! Comment, si vite ? Agée de cinq ans à peine, un jour de fête, tu n'avais déjà plus besoin de nous pour lire la grande carte du menu en prose d'un beau restaurant sur les Champs-Elysées !

Adossées à une montagne d'oreillers, confortablement installées sur les vaguelettes d'un drap, l'immuable rituel du soir s'enrichissait de romans de plus en plus volumineux, de documentaires, qui nous menaient des profondeurs des océans aux constellations des étoiles, retrouvant la magicienne Circé, le cyclope Polyphème ou la nymphe Calypso. Un plaisir partagé sans cesse renouvelé.

Tant de voyages inoubliables ! Parmi les plus fabuleux de ma vie, vécus dans la plus parfaite immobilité, sur une petite barque de la largeur d'une coquille de noix !

Mon bijou, poursuis tes rêves, dotée d'ailes tissées d'or,

Perles, ormeaux et coraux, sur les récifs des ports,

Frêle esquif ballotté, en quête de délices,

Avant la danse serpentine vers les abysses.

Chapitre 7

Lettre de Papilou, enveloppe jaune

Tu me rappelles tant ta mère mon enfant. Sa gestuelle, son sourire, ses poses, en plus réfléchie, plus introvertie. Notre Viviane était un feu follet, toujours vive, prête à se cabrer, pour un oui ou pour un non. A la différence de toi, qui ne t'emportes pas. Tu restes calme, imperméable au tumulte, vises ta cible et attends. Une Amazone qui ne renonce jamais à son objectif. Ta force de caractère m'a très tôt impressionné. Quand je pense que c'est un petit bout de chou de huit ans qui a proposé de venir vivre chez nous. Quel aplomb !

Plus tard, on a eu une sacrée veine dans notre malheur ! Ce n'était pas gagné du tout. Se retrouver avec une petite môme à éduquer à l'âge de jouer au papy… Je me suis souvent demandé si nous saurions semer les jalons nécessaires pour te guider sans t'étouffer, te sécuriser. Je dois bien l'avouer, l'éducation libre, ce n'était pas du tout notre truc. Et quand j'en vois les effets sur des gamins criards, incapables de surmonter la moindre frustration aux gondoles du supermarché, encore moins aptes face aux menues contrariétés inhérentes à la vie, je n'ai aucun regret. On peut dire ma petite Perle que tu nous émerveilles.

Pas d'emportements. Pas un mot plus haut que l'autre. Pas de portes qui claquent. Ni électricité dans l'air, ni tempêtes successives comme ce fut le cas avec ta mère. Mamilou aux anges, du bonheur !

Chacun à notre manière nous avons tenté de développer ta curiosité, en partageant nos passions, les petites joies qui nous animent. Ainsi, le samedi matin, nous partions ensemble faire une balade plus ou moins longue dans le bois, à l'affût du moindre chant d'oiseau. Le jeu consistait à fermer les yeux, les écouter, les repérer, les nommer. Avec ton oreille de musicienne, mon oiselle, tu es très vite devenue incollable, une experte ! Bouvreuils, moineaux, chardonnerets, merles, bien vite n'ont plus eu de secret pour toi. Tu analysais leurs notes comme on lit une partition ! Ta préférence allait à la grive musicienne, répétant des mesures aux sonorités mélodieuses. Mêmes devinettes avec les arbres, en toute saison. Un arbre, oui mais lequel, bouleau, platane, charme, hêtre, inconnu ?

Quelle surprise lorsqu'après le décès de tes parents, un soir de lecture dans le salon, sans un mot, tu as stoïquement refermé le couvercle d'ébène du piano. Ton assurance te rendait plus âgée que tu ne l'étais. Mamilou et moi avons échangé un regard, certains d'avoir bien compris le message. Les deux mains posées bien en appui, tu scellais définitivement le clavier sous nos yeux. Pas d'appel. Affaire classée sans suite.

Quelle idée aussi que de faire pratiquer à un enfant une activité qui le barbe ! Sport, musique ou école d'art nécessitent la passion, l'envie a minima. Un feu. Pour certains cela ne représente guère un espace d'autonomie et de développement, mais une corvée hebdomadaire, faite d'heures laborieuses d'apprentissage sans plaisir. Transfert des envies de réussite de leurs parents frustrés, déçus de leurs carrières, passés à côté de leurs rêves. Pour les tiens, le succès était là. Docilement, excellemment, tu t'es pliée à cet exercice imposé, comme un animal de cirque encagé parfaitement dressé. J'ai toujours détesté les cirques, les rires hilares sous le chapiteau, perçu l'insondable douleur animale, la soumission, la menace, la peur face à la tyrannie des dompteurs. Sourde violence.

Il m'est arrivé de me demander quelle adolescente tu aurais été avec une vie suivant un cours normal, sans drame, ni chaos. Serais-tu devenue cette jeune-femme sûre d'elle, déterminée, épanouie ?

Sur un fil, je t'ai initiée à l'opéra. C'était risqué ! Vois-tu, je souhaitais tellement partager l'émotion que suscitent en moi les airs de Mozart, Verdi ou Rossini. Au bord des larmes nous flottions tous deux, de mesure en mesure, devant la scène de l'opéra Bastille nous emportant si loin du fracas. Mon coup de maître, ce fut un soir d'août, dans les arènes de Vérone. Les trompettes d'Aïda, les décors fastueux t'ont ravi ma petite Perle. La joie pure se lisait dans tes yeux de jade. L'empreinte dans ton cœur d'un monde flamboyant, source de beauté. Une encre indélébile.

Mon problème c'est que je n'ai jamais été capable de te parler de ta mère. Jamais su, jamais pu. Les mots se dérobent. À chaque essai, ma gorge se noue, s'étrangle, je perds tous mes moyens. Alors, je laisse cela à ma mie. Pourtant je sais que tu n'attends que ça, des anecdotes sur ta maman. La faire vivre, exister, être là parmi nous, esquissée en quelques bribes sorties de ma bouche. Un croquis inachevé à reprendre pour approcher l'absente.

Sur ton père, je suis plus volubile. Je sais que certaines voix de ténors nous troublent par leurs similitudes avec la sienne. Des clins d'œil qu'il nous fait, m'as-tu-dit en souriant. Je t'ai parfois soupçonnée de fermer les yeux, imaginant que face à toi ton père occupait la scène, l'embrassait, avant de nous tourner le dos et de nous quitter, sous les bravos.

Un frais matin d'avril, je t'ai trouvée sur le tapis du salon au cœur d'une citadelle assiégée, encerclée d'épais albums photos, réalisés les longs dimanches pluvieux, d'une vie entière parcourue un Leica à la main. Lieux et dates indiqués sur les tranches, ils s'entassent poussiéreux dans mon bureau également. Tu m'as demandé qui était cette femme à l'air si triste dans l'album de 1945. J'ai fait semblant de ne pas me souvenir. À ton regard intense et vif, j'ai saisi que tu feignais de me croire. Toujours conciliante. Comment raconter ? Que te dire ? Que taire ? Que dévoiler ? Que cacher ?

Depuis des décennies, d'autres photos fixent pour l'éternité des cousinades en Bretagne avec ma chère enfant entourée de ribambelles de cousins, bien avant ta venue au monde. Pour l'éternité, sur ces feuillets de papier, Vivianne échevelée joue, court, chante, mime, danse. À jamais ses traits espiègles emprisonnés dans la trame de cellulose. Un château en arrière-fond, théâtre de tant de joies et de peines. Les tours couvertes de lierre guettent depuis des siècles les assauts du malheur. Pourtant il avait tout du château de conte de fée, jusqu'à cette terrible journée…

Des quatre coins cardinaux, les hordes déferlent,

Gardes et soldats armés postés aux meurtrières,

De leurs vies, l'enfant du donjon ils protègent,

Nourrisson abrité dans leurs cœurs et prières.

Chapitre 8

Grand-tante sœur Cécile

Couvent des Sœurs de la Vierge de mai, le 20 juin 1946

Ma chère belle-sœur, Mon cher frère,

J'enfreins la règle qui ordonne qu'une fois mes vœux prononcés, je n'aurai plus ni famille, ni parents.

Pour répondre à ta question Marylène je n'ai pas choisi mon nom. Il en est ainsi dans n'importe quelle congrégation religieuse, ou quand on entre au monastère. Peut-être cela changera-t-il un jour ?

L'abandon de mon prénom, de mes attributs féminins, n'est rien au regard de ce que le destin a fauché. Des syllabes qui tombent au sol, comme mes longs cheveux coupés. Un dépouillement. Être nue pour entrer dans la maison de Dieu. Renoncer à celle que j'étais. Sans le voile, l'air frais caresse ma nuque.

Pour seules affaires personnelles mon trousseau d'épouse de Jésus, un chapelet d'améthyste et des livres de prière. C'est bien assez.

Depuis que les miens m'ont été arrachés, je ne suis que cendres, et le resterai.

Ma vie monastique commence chaque jour à cinq heures et quart avec le premier office. Je travaille à la buanderie, dans les vapeurs de la presse à repasser, enveloppée d'un silence permanent que j'apprécie, interrompu par les sept offices qui rythment mes journées. C'est la troisième messe que je préfère, celle de l'eucharistie.

Souvent, j'aide sœur Jeanne à l'entretien du parc, à la cueillette des fruits du verger de quatre hectares ; elle a le vertige, moi non. J'escalade la haute échelle, me retrouve gamine au sommet, accrochée aux branches des pommiers ou noyers. Je me méfie de celles des cerisiers Cela me rappelle tant les jeux au château.

J'aimerais tout oublier...

Hier, la Mère Supérieure m'a entretenu sur le long chemin de foi pour devenir moniale. Ma décision est irrévocable. Ma détermination insondable. Vous ne pourrez la changer.

Déjà, probation et postulat sont derrière moi. J'entre enfin dans mon année de noviciat qui s'achèvera avec mon mariage divin. Ce jour béni, revêtue d'un voile de tulle blanc, je remonterai la chapelle vers l'autel de Dieu.

Derrière les murs de ce couvent, j'ai trouvé un abri, loin du chaos et de la fureur du monde. Ses vieilles pierres ont dû recueillir tant de détresse et de soupirs, qui chantent en chœur silencieusement une complainte, que seuls peuvent entendre les songes, les arbres et le vent, à l'aube.

Mes vœux prononcés, ma profession de temporaire deviendra perpétuelle. Fille de Jésus, épouse de Jésus, sur terre comme au ciel pour l'Éternité.

Il se fait tard, je dois aller à l'office des complies, la dernière messe. Je vous dis bien des choses ma chère belle-sœur et mon cher frère. Vous avez tant fait pour moi. Prenez bien soin de vous. Offrez-moi la grâce de ne porter ni regret, ni remords.

Je vous embrasse très affectueusement.

Sœur Cécile

Subitement, Eloïse réalise qu'elle ignore tout de cette grand-tante. La profondeur de cette lettre, l'arrachement évoqué à une vie entourée des siens, le silence définitif sur cette histoire, la motivent à poursuivre ses recherches.

Sous un jour nouveau, sa lecture fait maintenant écho aux phrases si souvent entendues de Mamilou :

« On ne peut faire le bonheur des autres à leur place. » Evoquait-elle à demi-mots sa belle-sœur, sans jamais la nommer ? A qui s'adressait-elle vraiment, la petite fille, ou l'absente, lorsqu'elle ajoutait en soupirant :

« On ne sauve pas les autres, on peut soutenir, aider. » Subrepticement, la pression furtive de sa main tavelée sur la sienne accompagne ce souvenir.

Était-ce un aveu d'échec face au choix de l'emmurement ? La jugeait-elle trop jeune pour recevoir cette confession ? Peut-être était-ce encore trop douloureux, tant d'années après, d'évoquer cette proche parente à sa petite-fille.

L'entrée de cette grand-tante dans les ordres en réponse à « On se sauve soi-même, si on peut » aiguisait sa curiosité.

Qui était cette femme ?

Chapitre 9

En apesanteur

Par la fenêtre à guillotine ouverte, Eloïse regarde le vent fouetter les branches auxquelles les dernières feuilles s'accrochent, par leurs fragiles pétioles desséchés. Elle s'imagine être l'une d'elles, emportée bientôt par une valse de tourbillons. Depuis toujours, les pâles matins, pleins de promesses encouragées par la lueur du soleil, la font frissonner de plaisir. Dès l'aube, elle hume longuement l'air encore chargé d'humus et de rosée, fixant dans ses poumons l'empreinte irradiante de ces minutes de grâce.

Le bruit de la bouilloire la sort de sa contemplation. Elle se prépare une tasse de thé au citron, qu'elle savoure plus que de coutume.

Deux grosses valises l'attendent dans le vestibule. Trois mille kilomètres. D'autres cieux.

Après un dernier tour d'inspection du petit appartement qu'elle partage en colocation avec deux autres étudiantes, il ne faut plus tarder. L'avion décolle dans deux heures. D'un bond elle attrape ses bagages, son sac besace, descends deux étages et rejoint le taxi réservé. Elle indique au chauffeur sa destination, jette en chemin un dernier regard à la ville rose dont les rues défilent, admire une dernière fois la place du Capitole.

C'est le cœur léger qu'elle embarque, consciente des possibles qui s'offrent à elle, délestée de certaines attaches, excitée par ce grand saut exaltant comme cet après-midi de juin partagé entre amis dans les Calanques. Loin de Paris et la Méditerranée, elle compte mettre à profit un nouvel espace-temps, dans lequel elle plonge volontiers, éprouvant le besoin de mettre à distance les derniers mois, leurs épreuves et déceptions. Une relation en particulier, plus toxique qu'enrichissante.

Pour cette raison, elle n'avait pas hésité lorsque son responsable lui avait évoqué ce poste sous des latitudes extrêmes. Etrange impression que le hasard orchestre parfois à merveille une mélodie inattendue, sur la portée en sol des événements et celle en fa des aléas.

Avec enthousiasme, elle en avait accepté toutes les conditions, achevant les derniers mois de son contrat toulousain la tête ailleurs.

Fascinée par les avions depuis son plus jeune âge, inventive, curieuse, volontaire, sa trajectoire professionnelle s'était naturellement dessinée dans son esprit.

Elle entend le pilote demander aux passagers de boucler leurs ceintures et de se préparer au décollage. Eloïse adore cet instant-là. Sa voisine n'affiche pas la même décontraction, mains crispées sur les accoudoirs. Cette attente furtive la transporte. La promesse d'un apex.

Elle se revoit vers l'âge de quatre ou cinq ans, en lévitation dans l'avion rouge du manège du Luxembourg, sourire jusqu'aux oreilles. Puis, plus grande lorsque son oncle, pilote de canadair, l'emmenait au-dessus de la Camargue à bord du plus bel oiseau qu'elle connut, un Cessna 152. Ce splendide échassier blanc et bleu, aux ailes hautes, d'une remarquable stabilité, lui offrait une vue époustouflante du littoral miroitant.

Terre, eau et ciel. Au-dessus des marécages de l'Hérault, un peintre avait brossé des strates de bleu aux nuances infinies, ciel, azur, céruléen, turquoise, cobalt, pétrole, outremer au loin…

La Méditerranée à perte de vue, le bleu profond d'un ciel de Prusse, mille scintillements de joaillerie, éclats éblouissants des marais salants, imprègnent sa rétine. Tant de beauté à contempler avec un peu de hauteur. Secouée par les boucles de l'avion, elle n'est plus qu'une infime particule en suspension dans les airs. Presque rien. Une poussière d'étoile accrochée au somptueux tableau de la nature.

Grisée. Ivre de bonheur. Après chaque échappée, elle quitte la carlingue à regret, pose pied à terre émerveillée, envahie d'un délicieux vertige. Déjà, elle rêve à la prochaine fois en adressant un regard empli de gratitude au bel oiseau d'acier redevenu silencieux.

De là-haut, le monde lui parait tellement beau. Ici-bas, la cruauté, la laideur avalent sans état d'âme les plus fragiles. Une écharde qu'elle ne parvient à retirer si jeune. Conscience aiguë de la douleur de l'autre.

Un pincement au cœur se fait immédiatement ressentir. Eloïse sait qu'elle vient d'ouvrir la porte refermée sur l'enfance d'une petite fille choyée, adorée, ainsi qu'une autre porte. Celle-ci plus lourde reste difficile à entrouvrir ; ses bras menus manquent de force. Elle tremble…

Une hôtesse lui propose un rafraîchissement qu'elle accepte volontiers. Confortablement installée, les souvenirs la happent.

Un garage jouxte une salle de jeux remplie de voitures, avec en son centre, un imposant circuit de train occupant tout l'espace. Trois enfants captivés rient. Campagne, barrières, bovins, moutons, en périphérie d'une ville entière animée d'une rue principale, de lampadaires éclairés, de tunnels et ponts avec une gare ferroviaire remplie de passagers.

Que d'heures passées à genoux dans l'obscurité pour mieux apprécier les phares magiques de la locomotive ! Que d'émotions heureuses partagées jusqu'au signal du départ où elle devait quitter ses frères de cœur.

Deux petits garçons. Leur mère, belle comme le jour. Un père très séduisant, imprévisible et ombrageux. Un couple de cinéma.

À l'appel de ses parents, elle regagnait leur véhicule en trainant des pieds, imaginant les prochains éclats de rires, les jeux inventés, les courses folles à travers champs jusqu'à la tour en ruine non loin, un ancien pigeonnier abandonné.

Eloïse d'un geste de la main décide de faire tomber un voile sur cette époque révolue, qu'elle chasse de son esprit. La porte sombre s'imprime toujours en clair-obscur. Elle pratique alors quelques exercices de respiration appris chez une sophrologue, puis s'endort apaisée.

La voix du commandant de bord la réveille, annonce une température extérieure de moins vingt-cinq degrés. Les passagers sont invités à se préparer à l'atterrissage et boucler leur ceinture. Déjà ! pense-t-elle, presque attristée de devoir quitter si vite l'oiseau majestueux auquel elle accorde une confiance absolue, bien calée au fond de son siège.

Par le hublot cerclé de givre, dans un entrelacs de bras de mer, se découpent à perte de vue une multitude d'îlots de toutes tailles. Où qu'elle pose son regard, la nature impériale domine. Une œuvre abstraite se déploie sous ses yeux, une mosaïque rythmée en une alternance de vibrations faites de lignes brunes et d'éclats métalliques.

Un artiste plasticien s'est amusé, avec un matériau fait de résine ou de nacre, à créer un monde de failles, de courbes et de lignes, où miroitent dans les eaux les reflets d'une civilisation à la cicatrice indélébile.

Enchevêtrement de bois,
Des troncs par milliers,
Par le fleuve, transportés
Un territoire saccagé

Terre étrangère,
Ni réfugiée, ni migrante,
Native

Chapitre 10

67° 51′ 00″ Nord, 20° 13′ 00″ Est

Laponie

À 145 km au nord du cercle polaire une vive lumière l'accueille à la descente de la passerelle. Le rouge écarlate de la façade de l'aéroport de Kiruna tranche avec la nappe blanche qui recouvre la piste et les alentours. Les branches des conifères ploient sous des manchons de neige. À son grand étonnement, l'air froid inspiré ne pique pas. Au contraire, chaque inspiration remplit agréablement ses poumons.

Dans le petit terminal, un chauffeur l'attend, brandissant une feuille de papier à son nom : Eloïse Valence. Il s'empare de ses valises et la mène au taxi. Elle remarque aussitôt les quatre gros projecteurs situés à l'avant du véhicule, laissant deviner que les tempêtes sur ce territoire doivent particulièrement compliquer les déplacements.

Le calme du trajet vers la base, lui fait mesurer le poids des éléments, la force de la nature. Elle observe de nombreuses empreintes d'animaux sur le bas-côté. La signalisation sur fond jaune fluo annonce la présence d'élans, une autre plus loin, celle de rennes.

Le ruban d'asphalte se déroule en ligne droite lorsqu'elle repère, au milieu de nulle part, quelques constructions attestant d'une présence humaine loin de tout, avec au bout du chemin un engin de déneigement, essentiel à la survie, ainsi qu'une motoneige.

Enfin, le véhicule électrique s'immobilise devant l'une des grandes bâtisses de bois blanc, à la toiture ceinturée de motifs sculptés circulaires et coniques. Toutes ont une lampe allumée posée sur le rebord d'une fenêtre, égaillée de plantes en pot. Un phare nuit et jour. Des guirlandes, des lumignons serpentent sur les murs extérieurs évoquant les fêtes de fin d'année, pourtant lointaines.

Elle franchit prestement les cinq marches du perron, impatiente de découvrir son futur domicile pour les trois années à venir. Comme convenu avec l'agence, la maison n'est pas fermée, prête à l'accueillir. Un haut bouquet de branchages entrecroisés habille la console de l'entrée dégageant un parfum boisé.

Dès le premier coup d'œil, elle sait qu'elle se plaira dans la vaste pièce à vivre que la blondeur d'un parquet réchauffe. Le mobilier simple et élégant lui convient, et la double exposition laisse entrer la lumière à flot. Une cuisine jaune safran, installée dans un angle, illumine cet espace.

Hormis quelques effets personnels, Eloïse ne s'est encombrée d'aucun élément de sa vie antérieure. Elle s'appropriera les lieux plus tard, au gré de ses flâneries et désirs. À son attention, le frigidaire est déjà rempli. En musique, elle se compose un rapide dîner, passe un appel, puis se plonge dans le dossier qui l'amène ici.

Demain, elle rencontrera son nouveau patron, une nouvelle équipe. Avec facilité elle plonge dans un lourd sommeil, où s'entremêlent looping en Cessna, vacances italiennes avec ses grands-parents, et condor planant au-dessus de la Cordillère des Andes...

Chapitre 11

Base aéronautique

Des pépiements d'oiseaux me sortent de mes rêveries. Leurs stridulations incessantes suivent une partition sur un mode presto qui a le pouvoir de m'enchanter immédiatement. Des improvisations de solistes, autour d'un motif répété, tel un refrain. Un coup d'œil au réveil. Le jour pointe déjà, bien qu'il soit très tôt.

Je m'accorde quelques minutes encore, bien au chaud sous la couette, à suivre la partition polyphonique entonnée alentour, distingue les différents chants et repère le chef de cœur. L'apothéose approche, emplit l'air d'une symphonie si riche qu'elle frôle la cacophonie.

Comme une automate, les gestes quotidiens s'enchainent. Après ma douche, coiffée d'une serviette en turban, j'avale un premier café. Clairement indiqué sur le kit d'accueil, le trajet vers la base est court. Au bout de quinze minutes de marche, j'aperçois un vaste bâtiment arqué, orange vif.

C'est par une chaleureuse poignée de main que mon employeur, monsieur Vaagül, un homme à la carrure athlétique, aux yeux étirés très clairs, au visage rond surmonté d'une épaisse tignasse rousse, m'accueille.

— Mademoiselle Valence, Eloïse, c'est une grande joie pour moi et toute mon équipe de te compter parmi nous. Sois la bienvenue !

Je serre quelques mains, entends des paroles bienveillantes, impressionnée par la bonne trentaine de personnes réunies. Puis,

Hans invite chacun à se servir sur la table où un petit déjeuner local est proposé. Pain viking, fromages, airelles, harengs marinés, toasts aux crevettes, skyr, myrtilles…

Une grande femme blonde s'approche.

— Bonjour, je m'appelle Brigitt et je suis ravie de faire ta connaissance. Nous serons amenées à travailler ensemble et nous distraire.

— Bonjour, enchantée Brigitt. Merci pour cet accueil !

— C'est normal ! Surtout pas d'embarras Eloïse ! Pour toute question, professionnelle ou personnelle, appelle-moi ! Il te faudra, comme à tous les étrangers, un petit temps d'adaptation. Compte au moins 6 mois ! me dit-elle d'un air mutin en me glissant sa carte.

La matinée se poursuit avec la visite des bureaux d'études, un à un, et la présentation de ma personne. D'évidence, le tutoiement est la règle entre tous, locaux comme expatriés, américains, canadiens, chinois, australiens, allemands…Ils viennent des quatre coins du globe.

L'après-midi, Brigitt m'invite à découvrir la ville de Kiruna, cerclée de montagnes enneigées, de lacs. Une épaisse gangue de glace recouvre les trottoirs. Mon amie m'apprend que la bourgade s'implanta au début du vingtième siècle, sur un gisement minier de fer, un filon de quatre kilomètres d'une pureté exceptionnelle.

— De nos jours, les galeries d'exploitation, de plus en plus nombreuses et étendues, descendent jusqu'à plus de mille trois cents mètres et rayonnent sur plusieurs centaines de kilomètres. La ville s'effondre…

— Comme Venise et Amsterdam !

— Oui, face à cette problématique, et pour répondre à l'inquiétude des vingt-trois mille habitants, la ville va être déplacée, m'explique-t-elle.

— Quel chantier ! Un projet titanesque de combien d'années ?

— Il court jusqu'en 2099 aux frais de la société d'exploitation LKAB.

Autour de nous, du centre à la périphérie, grues et engins de travaux s'activent en permanence, par dizaines.

Outre l'activité minière, pilier de l'économie, se sont implantées plusieurs grandes multinationales, une station météorologique, la Nasa qui effectue des essais, et la base aéronautique chargée de développer et tester les nouveaux modèles de Boeing et Airbus dans des conditions extrêmes. Les températures peuvent descendre à moins quarante. De la région de Kiruna, partent satellites, ballons stratosphériques, et fusées-sondes pour étudier la haute atmosphère et la magnétosphère. La ville s'est développée sur la colline d'Haukavaara.

Nous passons devant une église rouge avec un étrange clocher posé à même le sol, ressemblant à une pièce de forteresse moyenâgeuse. Une pyramide à base carrée, surmontée d'un cube sur pilotis, qu'un dôme en tulipe surélève.

— Avant l'exploitation minière, qui vivait sur ce territoire ?

Précédée d'un long silence indéchiffrable, sa réponse se fait étonnamment attendre.

— Les Samis, un peuple d'éleveurs, de pêcheurs et chasseurs. Si tu le souhaites, nous irons le week-end prochain à Jukkasjärvi.

Je m'empresse d'accepter cette proposition avec enthousiasme.

— Tu découvriras également l'hôtel des glaces ainsi que le musée de la culture sami, ajoute Brigitt avec une drôle de moue.

— Sont-ils encore présents à Kiruna ?

— Oui, parfois…leur parlement siège ici. Curieusement, je perçois une gêne, un léger énervement, dans la voix hésitante de ma partenaire.

— Je préfère te prévenir maintenant, ce sujet reste délicat à aborder auprès des Suédois, me confie Brigitt à voix basse.

— Pourquoi cela ? La question meurt sur mes lèvres mais elle la devine.

— Tu le découvriras bientôt, me répond-t-elle le visage soudainement fermé, le regard pointé au loin. Rentrons nous réchauffer maintenant. Un verre de vin chaud ça te dirait ?

— Comment refuser ? J'accepte de tout cœur !

Chapitre 12

En suspension

Chaque jour, une lumière spectrale se diffuse, du pâle crépuscule, simple promesse de clarté vers dix heures, à son zénith vers treize heures, gagnée par l'obscurité dès seize heures. Etrangement, le blanc laiteux teinté de rose du soleil bas recouvre les ténèbres. Flottent des heures, à l'horizon, les draps lilas et mauves des lueurs persistantes. La nuit dépose son ample cape d'ébène tandis que la blancheur persiste. Reflets de lune dévorant l'encre noire.

Six mois de nuit, six mois de lumière. Un combat équitable.

En décembre à midi, une ébauche de clarté qui tarde.

Après leur journée de travail, les deux femmes retrouvent un groupe d'amis un peu à l'extérieur de la petite ville. Elles roulent avec prudence depuis une demi-heure. La radio diffuse les informations locales. Selon les prévisions météo du jour, l'activité solaire intense, et le ciel dégagé, promettent de belles aurores boréales dans la soirée.

Au bord de la plage, assis sur les rochers, les jeunes gens pique-niquent autour d'un feu de bois. Markus a apporté des saucisses pour tous, Nils la bière, Lene des chamallows et Per de l'aquavit. Quelques frissons. Les vagues toutes proches lèchent roches sombres et galets luisants. Eloïse fait connaissance avec chacun d'eux. Six nationalités de tous horizons scrutent le nord. Soudain Ava tend le bras, elle devine une pâle lueur à l'horizon. Seules les filles réagissent et acquiescent. Son amie Brigitt lui apprend qu'effectivement la perception visuelle des femmes leur permet de repérer avant les hommes l'émergence d'un halo vert.

La couleur s'intensifie progressivement jusqu'à ce qu'une immense gerbe féérique se déploie au loin. Apparait, au-dessus de leurs têtes, un arc majestueux tracé au pinceau par un chérubin, fils de géant. En quelques minutes surgissent de la nuit noire plusieurs estampes dansantes, virevoltantes, draperies, voiles et arabesques… Instant magique.

L'art abstrait s'empare de la toile de la voûte céleste, dessine des formes aléatoires en mouvement qui croissent, s'amplifient, avant de s'évanouir en un ballet sans cesse renouvelé. Les tons verts se déclinent sur une large palette atteignant au plus fort de leur émission un vert féérique. Hypnotique.

Fascinée, Eloïse écoute Kiri lui expliquer que selon la mythologie du peuple autochtone sámi, la queue du renard polaire éjecte des particules dans le ciel en parcourant les vastes étendues enneigées. D'autres cultures évoquent la danse des esprits, le souffle des baleines de l'océan arctique, les âmes des morts qui jouent avec les crânes des morses, pour les Inuits, ou encore des reflets sur les armures des Valkyries qui chevauchent les cieux.

Emportée par la puissance de ce spectacle, elle ressent les forces telluriques de ces formes fantasmagoriques, irréelles. Ces êtres de l'au-delà chuchotent à son âme de petite fille d'entêtantes mélopées séculaires.

Revêche, l'esprit scientifique d'Eloïse lui rappelle peu à peu que ces langues de feu font suite aux éruptions solaires, éjectant des milliards de particules radioactives, qui entrent en collision avec le bouclier magnétique de la Terre. Un phénomène physique créé par les réactions des électrons, des protons, des ions, des photons, et des molécules d'azote, d'hydrogène et d'oxygène. Magie des éléments invisibles et de leur interprétation nécessaire à l'esprit humain depuis la nuit des temps.

Je sens la morsure de ton regard qui s'égare,

À l'instant où mon âme s'évade,

S'enfuit vers les feux qui dansent,

Tes yeux me poursuivent de leurs lances.

Chapitre 13

La cascade gelée

Un chant vieux de dix mille ans traverse mes tympans, une longue plainte qui s'élève dans les blanches plaines, s'étire sur les cordes des cascades gelées, chemine dans la forêt, percute les troncs tachetés des bouleaux enneigés. Une onde violente, que l'écoulement des siècles ne parvient à taire.

Une voix de gorge. Celle d'une femme sámi.

Celle de la femmc qui l'a enfantée. Et plus loin encore, celles des âmes absentes. Un cri lancinant de douleur. Une vibration qui se jette l'été dans les ruisseaux et rivières, poursuivant son périple à travers les montagnes jusqu'aux eaux profondes des lacs glacés. Ce qui est enfouit, caché, terré, surgit.

La souffrance comme héritage, celle d'un peuple,

De ses droits, dépouillé, et terres, privé.

Une volute de fumée qui emporte la colère et le désespoir vers l'au-delà, aux confins d'un monde surnaturel où les pouvoirs des animaux blancs se heurtent aux grilles d'acier des sociétés d'exploitation minière.

Des hommes armés nous ont chassés de nos territoires, ont jeté nos fils dans les gueules noires des mines, ont poursuivi nos filles dans les bois, ont capturé nos enfants enfermés dans des pensionnats.

Sous les crocs blancs de la cascade gelée,

Je me suis réfugiée le souffle coupé.

À l'abri du rideau de stalactites,

Nul ne viendra nous trouver.

Le « Reindeer Pasture Act » autorise l'Etat à nous retirer nos actes de propriétés. Culture foulée au pied, langue bannie, sols pollués, costumes cachés, coiffes arrachées, croyances éradiquées par l'église luthérienne.

Les miens, sommés d'assimiler la culture d'une élite majoritaire. Quarante années d'injures suprêmes faites aux femmes, forcées à se stériliser.

À la couronne suédoise, nous réclamons le droit de chasser et de pêcher sur nos terres ancestrales.

Humilié mais debout, peuple autochtone du Grand Nord scandinave,

Charbon, nickel, fer, gaz, pétrole, routes et barrages

Asphyxient les nôtres.

Sans plus d'accès aux pâturages,

Territoires envahis d'éoliennes,

Nos troupeaux peinent à trouver le lichen.

Mes prières, incantations et décoctions de renoncules, de bouleaux, de jacinthes des bois, ne peuvent rien contre le grand mal.

Le grand mâle.

Chapitre 14

Eblouissement

Nils se tient là, près de ma porte, souriant, confiant. Lors de cette inoubliable soirée à contempler les aurores boréales, nous nous sommes à peine adressé la parole. Sidérés. Médusés. La présence du groupe nous maintenait à l'écart l'un de l'autre. Deux électrons aimantés.

Irrésistiblement attirés, nous avons immédiatement su que l'instant présent compterait pour longtemps. Définitivement. Une chute ascensionnelle, irrationnelle, folle, vers l'inconnu et les bras de l'autre. Deux satellites en orbite vers un point de collision. L'abandon. Absence de lutte actée rendant tout langage superflu.

Ethnologue, membre observateur pour le compte du parlement sámi, ses recherches le conduisent parfois à siéger dans diverses instances, dont l'ONU.

Ce soir, il m'invite à dîner avant d'aller écouter un groupe sámi renommé. Attablée dans un restaurant au décor chaleureux bien que minimaliste, je cherche à comprendre sa personnalité, ses motivations, son soutien aux parlementaires, son engagement.

— Parle-moi d'abord de toi, lui suggéré-je en souriant.

— Ah ! Je vois…tu veux cerner l'homme, mais je te préviens, je peux être intarissable sur ce qui me tient à cœur, me répond-t-il blagueur.

— Ce n'est pas un problème. Je t'écoute attentivement. D'ailleurs, j'ai tout mon temps…Je me retiens de lui préciser trois années.

— Puisque tu l'as voulu Eloïse je ne vais rien t'épargner… Avec quelques collègues anthropologues et ethnographes, nous avons rédigé une lettre destinée à la presse et au parlement suédois. Nous étions cinquante-neuf universitaires à la signer.

— Sais-tu quelle est la plus grande menace pour les populations sámi ?

— Peut-être le changement climatique ? avancé-je.

— C'est l'accroissement sans limite des zones d'extraction minière et d'exploitation forestière.

— Je l'ignorais. Mais pourquoi cette action seulement maintenant ?

Il campe son regard dans le mien en grignotant un petit pain à l'aneth.

— Pendant très longtemps, cette question des mesures discriminatoires est restée taboue, muselée par des intérêts économiques associés à une forme de culpabilité. Nils me fixe intensément, semble prêt à dire quelque chose, et se ravise.

— Veux-tu parler de silence sociétal, national ?

— Oui, une gêne indéniable, indubitablement, sur fond de racisme.

Nils me raconte alors les sacrifices demandés à ce peuple, le flot de violences et persécutions, les droits bafoués en toute impunité, la question de survie. Il fait un parallèle avec le peuple des Yanomami qu'il a étudié en Amazonie. Je l'interromps :

— Les défenseurs de l’environnement ne sont-ils pas de précieux alliés à vos côtés ? Redressant les épaules, il arque les sourcils.

— Détrompe-toi ! Absolument pas tous ! Figure-toi que certaines ONG veulent encore réduire leur territoire pour la protection de la nature. Par ailleurs, l’implantation de parcs éoliens s’étend sur leurs terres, alors même que les ressources en écorces et lichens, dont se nourrissent les rennes, s’amenuisent à cause du réchauffement. Sa colère et sa déception affleurent.

Un serveur s’approche, nous commandons le menu du jour qui se compose d’un velouté d’asperges, d’un ragoût de renne, et de skyr au coulis de myrtilles.

— C’est un paradoxe incroyable que le développement des énergies renouvelables puisse leur nuire ! Parles-tu leur langue ?

— Malheureusement non. Je parle l’une d’entre elles très mal, quelques rudiments grâce à une petite amie Samie, voilà bien longtemps.

— Une belle histoire ? Sache que ta réponse m’intéresse grandement… Je suis toute ouïe ! dis-je en m’esclaffant.

Nils se redresse imperturbable, son regard demeure indéchiffrable.

— Oui, belle, mais compliquée…avec entre nous le fossé de deux cultures, un grand écart difficile à vivre au quotidien, me répond-t-il en balayant l’air de la main. Allons, parle-moi de toi Eloïse !

— Plus tard, Nils. C’est promis ! J’aimerais en savoir davantage sur cette culture. Combien sont-ils ? Où vivent-ils ?

— Les Sames peuplent la Laponie, un territoire boréal transnational de quatre-cent mille km^2. Ils sont soixante mille en Norvège, trente mille en Suède, huit mille en Finlande, et deux mille en Russie où l'un des neuf dialectes est menacé de disparition sur la presqu'île de Kola. Seuls vingt mille Sames connaissent leur langue maintenant enseignée à l'école et à l'université.

Le serveur s'approche avec nos plats.

— La création d'un parlement représentatif est une réelle avancée, non ? ne puis-je m'empêcher d'objecter.

Après un imperceptible hochement de tête, il reprend ses explications.

— Certes, ils ont plus de visibilité…Toutefois ce parlement centenaire, dont les membres sont élus démocratiquement, siège sous la tutelle de l'état suédois et n'a qu'un rôle consultatif, sans aucun pouvoir législatif.

— Vu comme cela, je comprends mieux leurs innombrables difficultés.

— Mais effectivement, il permet de faire remonter auprès des gouvernements nationaux les revendications de la dernière communauté autochtone d'Europe. Cependant, leur langue n'est recevable par aucune institution dans le pays.

— Aucune !? ne puis-je m'empêcher de souligner.

— Vois-le plutôt comme l'ultime tentative de défense de leur environnement, et de leur culture, ponctue-t-il d'une mine renfrognée.

Nous commandons le dessert du jour, un roulé aux groseilles. Je songe alors qu'il y a tant d'endroits dans le monde où la christianisation forcée a marqué au fer rouge des civilisations jugées inférieures, car trop proches de la nature, et le lui dis :

— Toujours les mêmes ravages. Evangélisation et colonialisme. Ironie des homélies dominicales « Ceci est le corps du Christ » pour maîtriser les corps. Ironie de l'histoire à l'heure où nous découvrons les effets dévastateurs sur la planète de nos modèles de sociétés. De quoi vivent ces populations de nos jours ?

— Actuellement, seuls dix pour cent perpétuent l'élevage de rennes, avec bien des difficultés. Les autres vivent du tourisme, ou de l'artisanat. Certains sont artistes, chanteurs, musiciens, dessinateurs, peintres, photographes, stylistes… D'autres sont salariés, entrepreneurs, journalistes, couturiers, écrivains…

— Quelle peut être l'action de l'ONU ?

— La lutte contre les inégalités est l'une des missions de l'ONU, avec l'accès à l'eau potable, l'éducation, la justice, la paix…

Nils ferme un bref instant les yeux. Je lui demande sans préambule s'il a déjà vécu ailleurs.

— Oui, deux années à New-York dernièrement, mais aussi à Genève, Vienne et Nairobi, les autres sites de l'ONU. Finalement je me sens plutôt bien ici. Et toi Eloïse ? J'aimerais tout savoir !

Son regard me sonde et se fait très insistant. Je ne me dérobe pas. En guise de réponse, je lui adresse mon plus beau sourire, car effectivement je me sens inexplicablement légère en sa compagnie. Avec douceur, il attrape ma main, y dépose un premier baiser.

Nous quittons le restaurant enlacés, son bras autour de mes épaules, et partons écouter un groupe local. L'ambiance monte, le public connait toutes les paroles, certains jeunes dansent en transe. J'aimerais chanter moi aussi. La vénération d'une nature grandiose jaillit à travers les onomatopées des textes que je ne comprends pas. Mes tympans formatés découvrent des sonorités puissantes, tribales, faites de cris, de lamentations, de murmures, de souffles, d'incantations, de tristesse et d'espoir unis aux battements d'un tambour. L'invisible à portée de main ?

À la fin du concert, Nils me présente à Asa, la chanteuse, dont les envolées lyriques m'ont menée à travers d'immenses espaces blancs, peuplés d'ours et d'élans. Emportée loin des sonorités habituelles, je suis sous le charme de sa voix, de sa musique comparable à nulle autre, et lui exprime mon enthousiasme.

Elle a un sourire franc, chaleureux, me prend dans ses bras et m'invite spontanément à passer la voir chez elle le surlendemain, ce que j'accepte aussitôt, ravie.

Chapitre 15

Asa chante la vie

Asa habite une maison de bois qu'elle partage avec son frère Alex, parti en reportage photo à l'est de la région. Elle m'accueille avec une infinie gentillesse, comme si elle attendait ma venue depuis des jours. Pendant qu'elle nous prépare un thé, je contemple le mur de photographies du salon, certaines sont en noir et blanc, d'autres en couleurs.

Sous mes yeux, un monde perdu témoigne de sa richesse et de son identité singulière. Elle revient avec un plateau sur lequel reposent deux mugs, accompagnés de petits pains à la cannelle.

— Mes grands-parents, me dit-elle fièrement devant le portrait d'un couple resplendissant en tenue traditionnelle.

La femme au visage ovale et regard vif, déterminé, vêtue d'une longue robe de tissu rêche, porte un très jeune enfant dans ses bras.

— Difficile histoire que celle de ma tante, ajoute-t-elle en pointant l'enfant.

Une petite fille se tient à sa gauche, la mère de mon hôtesse. L'homme, à genoux, retient un chien de traineau qui semble guetter le lointain. Sur une autre prise, un éleveur occupe le premier plan, des centaines de rennes dans la toundra blanche l'entourent, dominés par les sommets enneigés à l'arrière-plan.

— La goahti, m'indique-t-elle en me désignant la tente devant laquelle pose une autre famille avec cinq enfants. Jupes, châles frangés, bonnets et tuniques se parent d'orange, de rouge et de bleu roi, que des broderies colorées reprennent sur les poignets, les épaules, les cols et ourlets. Avant le réchauffement climatique, mon peuple nomade se déplaçait selon un calendrier composé de huit saisons : la cueillette des plantes médicinales, la vannerie, le tissage, la teinture des laines…

Je lui demande de m'éclairer sur le drapeau exposé composé de cinq bandes verticales et d'un anneau central.

— Chaque couleur représente un symbole de survie pour les miens. Le rouge pour le feu, la chaleur, l'amour, le vert pour la nature, le jaune pour le soleil et l'éternité, le bleu pour l'eau, la vie. L'anneau, soleil et lune, représente le monde spirituel qui unit tous ces éléments.

— Comment es-tu arrivée ici ? me demande-t-elle. Je lui réponds brièvement, désireuse d'en savoir plus sur son parcours.

— Nos communautés ont obtenu, depuis plusieurs années, l'enseignement des cours dans notre langue pour l'école. En revanche, plus nous grandissons, plus les cours dispensés se font rares ; ils sont quasi absents à l'université…

— Cela doit limiter considérablement le champ des possibles, lui dis-je.

— Effectivement, et cela fait partie des combats de notre parlement, ajoute-t-elle. Installe-toi et mets-toi à l'aise. Elle me désigne un fauteuil.

— Et toi, comment es-tu arrivée à te produire sur scène ?

— Avec une tradition orale forte, la musique a toujours été ma passion. Ma grand-mère et ma mère n'ont cessé de me bercer, de me consoler de leurs chants transmis de génération en génération, le joik… Je n'ai jamais imaginé faire autre chose que de marcher sur ce chemin tracé par les voix de mes aïeules. Celui des lointains échos qui vibrent en moi, nuit et jour. J'ai donc naturellement étudié la musique. Et toi ? m'interroge-t-elle en me tendant une tasse de thé parfumé aux épices.

— Depuis toute petite, les oiseaux et les avions me captivent. Ma grand-mère aussi me chantait de nombreuses chansons. C'est elle qui m'a élevée après le décès de mes parents.

— Je suis désolée. Est-elle avec toi ?

— Non, elle n'est pas venue avec moi ! Sa question me surprend.

— Oups ! Je me suis mal exprimée, reprend-elle aussitôt.

— Que veux-tu dire Asa ? Mes absents me manquent mais…

— Pour mon peuple, il y a le monde que tu vois et celui que tu ne vois pas. Ressens-tu leur présence à tes côtés parfois, même si des milliers de kilomètres vous séparent, ou encore celle de tes parents ?

Déstabilisée, sur l'instant je ne sais que lui répondre. Devant mon air perplexe, elle me fait signe de la suivre.

— Allez, viens m'aider en cuisine. Tu restes bien sûr dîner avec moi, je t'invite !

Avant d'avoir le temps de protester nous nous retrouvons autour d'une table à préparer une soupe de poisson selon la recette familiale.

— Tu m'en diras des nouvelles ! me glisse-t-elle amusée.

Pendant l'épluchage des pommes de terre et des carottes, après l'évocation de quelques plats traditionnels à base de viande de renne bouillie, grillée ou séchée, la conversation glisse vers sa famille. Le sujet, resté en suspens dans le salon, flotte dans l'air devenu opaque. Asa se lève, le regard lointain et lave un énorme bouquet d'aneth. Dans la pièce, on n'entend plus que le ruissellement du jet d'eau. J'hésite à lui poser la question qui me taraude, et après maintes tergiversations, je finis par me lancer :

— Accepterais-tu de me parler de ta tante ?

Son regard me sonde ; elle laisse ses gestes en suspens un instant, un gros bouquet d'aromates à la main.

— Vois-tu Eloïse, ce n'est pas si facile d'évoquer le passé, ni cette histoire…

— Je comprends parfaitement que tu refuses...

— Mais après tout, c'est important que tu saches et surtout que tu comprennes. Ici le silence a généré un consensus commun, une chape de plomb posée sur des pratiques qui ont perduré des générations.

— Aussi longtemps ?

— Oh, oui ! Pour être très exacte… de 1935 à 1976.

— Alors, acceptes-tu de m'en dire davantage ?

Après avoir mis tous les ingrédients sur le feu, elle vient s'asseoir à mes côtés et remplit nos verres. Le silence meuble l'espace. La lumière décline, se teinte de rose, et invite aux confidences.

— Quarante et une années… Quatre décennies pendant lesquelles la Suède a stérilisé de force des milliers de femmes… Plus de soixante mille ont été concernées.

A mon regard étonné, elle constate que j'ai du mal à la croire, tant le chiffre m'impressionne, avant de poursuivre :

— C'était tout à la fois un programme social et politique pour « préserver la pureté de la race nordique » et « lutter contre la dégénérescence ». Elle s'interrompt, je l'écoute avec effroi.

— Un idéal de santé pour toute la Scandinavie ! lance-t-elle avec ironie.

Un frisson glacial me parcourt avant que je ne rassemble mes souvenirs.

— Cela m'évoque d'autres pays, la Grande-Bretagne, l'Allemagne, les Etats-Unis, lui dis-je, la voix étranglée.

— Oui, même programme au Canada, en Suisse… Malheureusement la Suède n'a pas eu le monopole des théories eugénistes et du contrôle du corps des femmes…Tu devines que certaines catégories sociales furent plus touchées que d'autres ; en particulier les femmes nomades, contraintes d'accepter ces mesures pour pouvoir garder leurs enfants, menacées de perdre leurs droits parentaux.

— C'est effrayant !

— De très jeunes filles furent concernées, considérées comme appartenant à une « race inférieure », trop pauvres, ou handicapées, simplement malvoyantes, par exemple. Elle s'interrompt et soupire.

— Face à elles, des psychiatres socialistes, des experts, des institutions, toute une bonne société convaincue d'œuvrer pour le bien-être de son prochain, d'un seul chœur !

— Je suppose alors que c'est l'histoire de ta tante…

— Oui, c'est exact, la sienne. Et celle de tant d'autres femmes et jeunes-filles aux destins brisés victimes d'une idéologie de l'eugénisme, profondément ancrée dans la sociale démocratie politique.

— C'est tellement inhumain ! dis-je d'une voix étouffée.

— Ce n'est pas tout. Un rapport remis au ministère des Affaires sociales estime à deux cent trente mille le nombre de victimes entre 1935 et 1996.

— J'imagine que toute la société se sent très mal à l'aise avec ce sujet.

— Effectivement ! C'est un véritable traumatisme pour les six millions de Suédois, dit-elle énergiquement. Un sujet brûlant qui n'empêche guère bon nombre d'entre eux d'exprimer que, selon leur point de vue, mon peuple a encore trop de revendications…

— De toute évidence ! Grâce à toi Asa, je comprends mieux le visage fermé d'une amie que je me suis faite à la base, lorsque la conversation a glissé vers le passé.

— Elle n'est pas la seule à être gênée, ajoute-t-elle.

— Ta génération s'exprime enfin ; c'est plutôt positif…

— C'est vrai, Eloïse…Plusieurs artistes se sont emparés de ce thème, des peintres, des écrivains, des sculpteurs…

— Je découvre tardivement que les Sames ne se limitent pas à un peuple d'éleveurs de rennes.

— C'est une image figée dans le formol, entretenue par l'Etat pour mieux nous diviser, ajoute-t-elle.

Sa réflexion me plonge dans mes pensées lorsqu'Asa me sort de ma rêverie.

— Je te conseille de découvrir Anne-Karin Furunes et son œuvre « Of Nordic Archives », me propose-t-elle. Elle a exploité le fond photographique de l'Institut d'Etat pour la biologie raciale de l'université d'Uppsala, fondé pour cartographier la population et pratiquer des stérilisations forcées. Cette artiste norvégienne a exposé à New-York de grands portraits anonymes.

— Ton frère s'intéresse également à ce style de photos ?

— Non, pas du tout ! Mais je sais qu'il y viendra plus tard, un peu plus vieux, mieux armé. Nous nous heurtons tous, un jour ou l'autre, à notre passé. Je pense que, soit tu pars à sa rencontre, soit il te poursuit de son lasso !

— Hé, tu le crois vraiment Asa ?

— Je n'en doute pas un instant ! réplique-t-elle en remplissant mon verre. En attendant, mon frère piste seul en pleine nature sauvage les empreintes d'animaux sauvages, celles d'ours, de lynx, de renards, d'élans, de gloutons…

— Cela parait à la fois excitant et terrifiant ! Comment s'y prend-il ?

— Avec son objectif, camouflé, dissimulé dans le paysage, il les piste, les traque, pendant des jours s'il le faut, pour saisir l'instant, la minute ou la poignée de secondes à ne pas rater. Notre grand-père lui a transmis tout son savoir pour ne pas se faire repérer, ni par son odeur, ni par sa respiration.

Elle éveille ma curiosité.

— Que fait-il pour éviter cela ?

— Il observe toujours la direction du vent et se poste en fonction. Pour éviter un halo de respiration, il met de la neige dans sa bouche.

— T'arrive-t-il d'avoir peur pour lui ?

— Inévitablement ! Il m'arrive de redouter qu'il ne survive à une tempête de neige, en dépit de ses messages, toujours rassurants. C'est une âme solitaire indéniablement. L'agitation des villes l'étouffe. Il est comme ça ! À moi de l'accepter.

J'admire l'une des prises de vue, celle d'un harfang des neiges aux ailes déployées. Il s'en dégage splendeur et fragilité, la menace tragique pesant sur la proie qu'il traque, et celle du monde hostile qui le cerne. Nous terminons notre plat en silence. Les arômes d'herbes sauvages, les brassées entières d'aneth m'emportent vers des territoires lointains.

— Pour le dessert, il me reste de la tarte aux myrtilles, que j'ai cueillies le week-end dernier.

Les fruits fondent dans ma bouche et je me régale de la pâte croustillante.

— Tu es une excellente cuisinière, tu pourrais sans conteste ouvrir un restaurant, Asa !

— Oh, pas vraiment, je fais souvent les mêmes plats simples. Ma mère en est une…Oh pardonne-moi Eloïse ! Je suis d'une maladresse !

— Ne sois pas embarrassée ; c'était il y a si longtemps. Devant sa mine déconfite, je lui confie que j'ai fait bien pire qu'elle, et lui raconte une anecdote cuisante. Un jour j'ai demandé à une femme enceinte, que je n'avais pas revue depuis des années, pour quand était prévu l'heureux événement. Voici sa réponse cinglante : c'était il y a un an !

— Je mérite des lauriers, tu ne crois pas ?

— Oh ! oui, s'esclaffe-t-elle. Retournons au salon, je vais te montrer un objet particulier puisque ma culture t'intéresse et que cela me touche sincèrement. Trop d'étrangers se contentent de faire rapidement le tour de notre musée en plein air.

— L'amie évoquée m'y a emmenée. Cela restera un moment inoubliable, mais réellement déstabilisant. Il ne s'agit pas d'un musée comme un autre, fait pour déambuler comme simple visiteur.

— C'est-à-dire ? me demande-t-elle curieuse.

— S'étalait sous mes yeux un monde perdu ! Englouti ! Pour tout te dire, je me suis sentie mal à l'aise, une intruse dans un logement occupé, spectatrice impuissante d'une extinction…Pénétrer dans les tentes, toucher les objets du quotidien, berceaux, vêtements, arcs et flèches, harpons, lances, paniers en écorce de bouleau, sacs en peaux de renne, gobelets, ustensiles en bois de renne…

— Tu es sensible à l'invisible Eloïse, aux esprits des aïeux, affirme-t-elle en posant sa main chaude sur mon avant-bras.

— Je l'ignore. En revanche, tout en sachant pertinemment qu'ils ne reviendraient plus, j'imaginais sans peine leurs occupants poser une main sur mon épaule, surpris de ma présence dans leur habitation. Peut-être ressent-on le même désarroi en visitant les réserves d'Indiens en Amérique…

— Ou un campement-musée d'Aborigènes en Australie. Ma grand-mère aurait reconnu en toi une belle âme Eloïse. Une âme connectée à la nature, aux rivières, aux ondes, au vent.

Asa se lève promptement. D'une étagère, elle retire un étui de cuir marron dont elle extrait avec précaution un couteau d'une quinzaine de centimètres au manche en bois de renne, ivoire et gris, gravé de petits motifs géométriques.

— Il lui appartenait. Accroché à sa ceinture, celui de mon grand-père ne quitte jamais Alex. Essentiel à la survie de mon peuple, le couteau permet de couper des branchages, et en cas d'urgence, de tempête par exemple, de se construire un abri. Il est très utile lors des attaques de bêtes sauvages, comme le redoutable glouton.

— Aussi redoutable que cela ?

— Sais-tu qu'il peut courser sa proie dans la neige sur quarante kilomètres ?

— Je m'enfouirai sous la neige, marmonné-je.

— Que tu crois ! s'esclaffe-t-elle. Il a un odorat si puissant qu'il peut repérer toute nourriture sous une épaisseur de six mètres de neige. Autant dire que…

— Ah, je vois…lui dis-je en faisant doucement tourner la lame d'acier, qui toute une vie accompagna chaque pas et la sauva. Au bord des larmes, émue, je la repose entre les paumes de mon amie.

Saison de la sève, or des neiges,
Goutte à goutte, coule de l'écorce.
Bulles frémissantes sur le feu
Du chaudron bouillonnant,
Ambre versée sur le manteau blanc,
Cristaux bruns, joyaux de nature,
Gemmes croquants…

Chapitre 16

La cabane

Nils m'a proposé de venir passer le week-end dans le chalet d'été de ses parents. Cela fait plus d'une heure que nous roulons sur un épais tapis blanc, en direction du sud. La neige ne cesse de tomber et nous n'avons croisé que deux véhicules. Des piquets rouges et jaunes signalent le bord de la chaussée, à intervalles très serrés. De part et d'autre, l'immense forêt drapée d'un manteau de nuit, me donne l'impression de pénétrer dans un royaume perdu, peuplé d'êtres surnaturels, tels les trolls et les huldres. Dans la chaleur de l'habitacle, le cours fluide de la conversation reprend.

— Depuis quand viens-tu par ici, Nils ?

— Depuis toujours… J'y ai tous mes souvenirs d'enfance. Les grandes fêtes familiales s'y déroulent chaque année, tous réunis. Mes quatre sœurs arrivent, dont trois avec leurs enfants, et je peux te dire qu'il y a de l'animation !

— Cela me fait rêver une si grande famille !

— C'est vrai, il y a de bons côtés...sauf quand tu veux dormir et que tes neveux ont décrété l'inverse et te sautent sur le ventre. Enfants, nous y passions toutes nos vacances scolaires avec nos grands-parents.

— Ce chalet leur appartenait ?

— Oui. Et bien avant eux, à leurs parents, aux parents de leurs parents…

Enfin nous prenons un embranchement signalé par un petit écriteau et nous nous enfonçons dans l'obscurité. Nils est très concentré sur le sentier étroit. Je devine qu'une sortie de route ne serait pas une mince affaire si loin de tout.

Après plusieurs centaines de mètres au pas, apparaît le chalet, bien plus vaste que l'idée que je m'en étais faite. En descendant du véhicule, je suis surprise par l'épaisseur de neige. Nous déchargeons péniblement le coffre, que je découvre rempli de victuailles.

— Nous avons de quoi tenir un siège ! m'écrié-je.

— J'en profite pour remplir les placards, pour les prochains occupants. C'est la règle…on ne sait jamais. Et surtout, je ne connais pas ton appétit ! lance-t-il. Nous sommes pris d'un fou rire. Il s'approche et m'enlace tendrement.

— Tu pourrais être surpris ! Je lui adresse un clin d'œil. Allez, au travail ! Nous avons un chargement à ranger.

Sur la table de la cuisine nous déposons les filets d'aiglefin, des smorebröd aux crevettes, d'autres au rouget, de la sauce rémoulade, des harengs, des betteraves, des kilos de pommes de terre, des conserves d'œufs et de foie de poisson, des bocaux de sauté de renne, des saucissons, de la viande séchée…

Le froid est saisissant. Nous nous activons un long moment à remplir les placards et organiser la réserve. Le poêle à bois commence à réchauffer la pièce principale.

Je prends enfin conscience de la beauté de l'endroit. Où que je pose mon regard, le bois est travaillé, sculpté, ou peint. Pas un recoin n'échappe à cette attention portée au cadre de vie. Armoires, commodes, coffres, portes et poutres arborent des motifs floraux colorés, qui courent sur les parquets. J'exprime ma surprise :

— Comme c'est charmant ! Je m'attendais à plus rustique…

— Ce sont mes aïeux qui ont peint chaque meuble, chaque lame de parquet, chaque pièce, et laissé leurs empreintes.

— C'est un ravissement pour les yeux ! J'ai l'impression d'être dans une maison de poupée, dis-je en levant les yeux pour admirer le plafond coloré.

— Le chalet d'origine ressemblait davantage à un refuge, une cabane rudimentaire. Au XVII è siècle, le roi de Suède a encouragé ses sujets à coloniser les régions du nord. Tu devines à quel délicat sujet cela nous ramène…

— Ah ! Effectivement ! On tourne décidément autour quoi que l'on dise.

Nous dînons devant la cheminée, assis sur des peaux de renne. Hormis les hululements d'une chouette, seul le crépitement du feu se fait entendre.

— Bien avant eux, au IX è siècle, les Vikings ont abordé sur ces côtes. Chez les Sames, ils levaient des impôts en nature, comme les peaux.

— Les chaos de l'histoire, toujours. Où que l'on soit ! Passé, présent et futur tricotés ensemble, telle une tresse à trois brins. S'impose à moi l'image d'une hélicoïdale de protéines d'ADN dont l'agencement détermine les spécificités du genre humain.

Doigts emmêlés, nous ne pouvons quitter des yeux les flammes dévorantes sur leur lit de braises rougeoyantes. L'odeur douceâtre du feu de bois enveloppe nos cheveux, et les fibres de nos pulls.

Nils s'approche alors si près de moi, que je vois danser les longues chevelures bleutées des cascades gelées, dans ses iris enflammés.

Soudain, en pleine nuit, je suis extirpée de mon sommeil le cœur battant. Je prends alors conscience qu'une tempête se lève. D'abord un vrombissement lointain, tel le souffle d'un géant dont la colère ne cesse d'enfler. Viennent ensuite les bruits secs de branches proches fouettées, en tous sens agitées. Comme une armée dressée, prête à affronter l'ennemi, la forêt lance un appel d'arbre en arbre.

Je me lève. De l'étroite fenêtre, je ne peux apercevoir que des tourbillons de neige, écrans opaques voletants. Nils me rejoint. De minute en minute, le souffle monte. Il devient si fort qu'il finit par évoquer un long hurlement plaintif.

Bien à l'abri, je ne peux m'empêcher de frémir à l'idée des hommes et femmes qui en ces contrées, ont dû affronter seuls le déchaînement des éléments. Comment survivre au dehors ?

La plainte s'élève, encore et encore. Maintenant ce sont les cris de centaines de Furies saccageant tout sur leur passage. Elles mettent à sac la terre, la soulèvent, la retournent, la ravagent. Comme un seul homme, la forêt tente de résister. Les bataillons de conifères réorganisent leurs rangs. Cette folle énergie qui la parcourt menace de la détruire. De résineux en résineux, le signal est lancé. Le balancement des branches se coordonne, comme une grande vague qui dissipe et amenuise les effets du vent.

Un rugissement aigu, continu, effrayant emplit le chalet. Elles sont des milliers à déferler et dévaster les alentours.

Leurs hordes progressent en longues formations, dépouillent la nature de ses ornements, détruisent les abris de fortune, avalent et recrachent des troncs. Le sifflement monte et devient assourdissant. La toiture malmenée fait entendre d'inquiétants craquements. Brutalement, une secousse fait vibrer le sol. Tout près, s'abat lourdement un poids mort dans un dernier grondement. Une chute fatale.

— C'est un arbre qui vient de tomber !

— Quel spectacle Nils ! Fascinant et terrifiant ! Tant de forces destructrices qui convergent ! Tant de puissance d'anéantissement, lui dis-je, d'une voix enrouée. Mon inquiétude doit se lire sur mon visage.

— La cabane en a vu d'autres. Elle tiendra. Rassure-toi Eloïse ! me hurle-t-il.

— C'est facile à dire !

Nous devons crier pour nous entendre. Au-dessus de nos têtes, des escadrons lancés dans leur travail de sape, entraînent des régiments déchaînés guidés par la main de la dévastation. La nature gémit, se ploie, tourmentée, broyée par les lames d'acier de rafales successives.

— Quand cela va-t-il cesser ? lui demandé-je d'une voix anxieuse.

— Dans quelques heures, ou quelques jours. On ne sait jamais. Tu comprends maintenant les précautions nécessaires en matière de vivres, répond-il en m'ouvrant ses bras.

L'attaque assourdissante se poursuit, inexorable. J'imagine des colonnes d'envahisseurs barbares déferlant sur les plaines et montagnes du Grand Nord. Des siècles d'invasions par les mers, et les terres. Comment survivre ?

Aux antipodes, une autre idée germe dans mon esprit aux aguets. L'éclat d'une lumière dans ce déluge. La puissance des forces créatrices et inventives qui irriguent les peuples autochtones, telle une vague insubmersible. Une communion permanente avec cette force tellurique, la nature et ses ressources.

La pâle lumière crépusculaire pointe, et laisse deviner la dévastation.

En fin de matinée, les bandes ennemies tressautent. Leurs lignes s'essoufflent, marquent des signes de faiblesse. La menace s'éloigne.

Je n'ai pas dormi. Mon cœur affolé cogne dans ma poitrine, rejoint celui des mères, et des pères, pris dans les tourbillons de la tempête, cherchant à protéger leur progéniture. Êtres solitaires surpris au milieu de nulle part. Soudain, je pense à Alex, le frère de Asa. Pourvu qu'il soit bien à l'abri !

— De ma vie, jamais je n'oublierai la nuit que je viens de vivre Nils !

— Tu me flattes ! me répond-il goguenard.

— Prétentieux va !

— Couvre-toi bien, et allons plutôt faire le tour de la cabane, propose-t-il.

J'enfonce mes jambes à mi-cuisse dans la poudre blanche. Le 4x4 a entièrement disparu sous un monticule de neige. Avec une large pelle, Nils dégage un étroit passage.

— Surtout, reste bien éloignée de la toiture Eloïse ! Une plaque de neige pourrait tomber et t'assommer !

Prudente, je reste dans ses pas. Nous contournons le chalet et découvrons, à quelques mètres, un immense sapin couché. Il gît comme un homme mort, qui ne put résister aux assauts répétés du vent violent, des bourrasques de neige, du temps qui s'enfuit.

— J'ai devant moi quelques heures de débitage à faire. Je dirais même une bonne journée. Désolé ma Belle, moi qui voulais te faire vivre une randonnée inoubliable à la découverte des cascades gelées…

— Ne t'inquiète-pas, pour les souvenirs, je suis servie !

Confortablement installée au chaud, emmitouflée sous un plaid, je retrouve ma fidèle amie, la poétesse Emily Dickinson. Au crépitement du feu dans la cheminée répond à intervalles réguliers le vrombissement de la tronçonneuse, qui martèle les heures. Je m'évade vers le temps suspendu où je partais en vacances avec mes grands-parents.

Quel est donc ce lien étrange, invisible, qui nous relie obscurément à nos absents ? Est-ce parce que je les convoque régulièrement dans le flot de mes pensées qu'ils osent frapper à ma porte, invités ?

Avec ses questions, Asa m'a surprise, désarçonnée, en évoquant cet entrelac naturel, reconnu, accepté, ce va et vient entre passé et présent, comme une impression argentique, deux calques qui se superposent en dépit de leurs différentes temporalités.

Jeu permanent d'ombre et de clair-obscur.

Chapitre 17

Lettre de Mamilou

Mon colibri,

Ma fleur, j'ai pris la décision de ne pas t'inquiéter. J'espère que tu ne m'en voudras pas. Les derniers résultats de mes analyses de sang ne sont pas bons. Pourquoi t'alarmer ? Cela n'y changera rien. Tu as bien droit à un peu de légèreté. L'insouciance qui t'a été volée a précocement fait peser sur tes frêles épaules un lourd fardeau.

Te voilà devenue une jeune femme, affirmée, et engagée dans la réalisation de ton rêve. Je suis admirative. Je me souviens de nos jeux fréquents sous les cieux nuageux, tordant l'une et l'autre le cou pour extirper des colonnes de stratocumulus, nimbostratus et cumulus, chimères, créatures fantasmagoriques, et animaux en tous genres…

« Mamilou, regarde-là, un chien à trois têtes ! Ici un monstre au long nez ! »

Je fus bouleversée la fois où, toute souriante, tu me confias :

« On dirait un hélicoptère ! »

Interloquée, je ne sus que te répondre. Incapable de t'encourager à me décrire davantage ce que ton esprit échafaudait, à cet instant précis, escaladant une échelle vertigineuse, mouvante et instable, pour rejoindre tes parents. Souhaitais-tu me confier à demi-mot que leur présence t'accompagnait, quoique nous fassions ? Nuages et vent, soleil et mer, lacs et forêts, tels des changements de décors superficiels, sur le fil continu de ta pensée ?

Ton imagination vagabondait à tout-va, comme le cheval lancé au galop que tu aimais tant. Je sais qu'un jour tu chercheras à découvrir le lien qui m'unissait au monde de l'équitation. Peut-être même souhaiteras-tu comprendre mon silence sur cette grande passion. Je vais enfin m'en ouvrir à toi.

Enfant, j'ai eu la chance d'habiter près d'un haras dont les propriétaires, amis de mes parents, me laissaient accéder librement au paddock. De soins en bouchonnages, ils me confiaient les nouveaux venus avec confiance et bienveillance. Du plus calme au plus nerveux, jamais un cheval ne m'a inspiré de crainte. C'est donc tout naturellement que je devins une cavalière expérimentée.

Jeune épouse, dès notre emménagement à Paris avec Papilou, je ne tardai pas à fréquenter le cercle que tu connais pour retrouver, plusieurs fois par semaine, un magnifique alezan, à la robe dorée plus que fauve. Privée de campagne, j'exultais lors de chacune de nos promenades dans le bois, moins aménagé, plus sauvage à l'époque.

Ensuite s'est produit l'accident. Alors que je chevauchais à vive allure, une cavalière nous a soudainement coupé la route. Pour la première fois, le contrôle de ma monture m'échappait. Mon cheval s'est cabré. J'ai perdu l'équilibre et je suis tombée. Je n'ai aucun souvenir de la suite. Je me suis réveillée à l'hôpital. J'avais perdu l'enfant que j'attendais. Les médecins étaient pessimistes quant à la possibilité d'une nouvelle grossesse. Fort heureusement, ils ne sont pas devins ! Je ne suis plus jamais montée à cheval ; Papilou me l'avait fait promettre. Et, contre toute attente, après plusieurs années sans succès, l'arrivée de Viviane nous a comblés.

J'ai pris ce cadeau de la vie comme un pacte. Abandon de l'équitation en échange de la magnifique petite fille qui nous était confiée. Mes tenues rangées, qui sentaient la naphtaline, me rappelaient la chance inestimable que j'avais eue. Un dard nécessaire qui me piquait la vue, et ravivait ma détermination parfois vacillante. D'autres que moi, après une telle chute, ne se relèvent pas ou souffrent de paralysie.

À Viviane j'ai refusé stoïquement la pratique de l'équitation. Bien sûr, j'ai continué à fréquenter mon cercle d'amies, mais à distance des paddocks. Comme un joueur qui se fait interdire de casino, je n'assistais plus à aucune course.

La vie passe, et puis un jour te voilà ma reine. Je n'avais pas deviné que ta petite main m'entrainerait à nouveau en ce lieu comparable à nul autre, avec ses odeurs de cuir, de foin, de sueur et de crottin, ni qu'elle guiderait à nouveau la mienne sur une tête reconnaissante des caresses prodiguées. Je te voyais parler avec amour à ces bêtes superbes et me retrouvais, moi l'enfant de la campagne, exultant de joie.

D'où t'est venue si jeune cette idée, cette obsession presque pour cet animal ? De quels limbes a-t-elle surgi ? Un jeune enfant a-t-il le pouvoir d'accéder à ce qui lui est sciemment caché ? Détenteur du trousseau de clés d'un verrou qu'on croyait éternellement cadenassé, accède-t-il innocemment au tréfonds des mémoires ?

Pas un cadre, pas une photo, pas une médaille n'ont accroché ton regard. Bien avant ta naissance, j'avais tout fait disparaître dans un carton remisé au grenier, et même revu la décoration de la maison, au grand soulagement de Papilou.

Par quel mécanisme la pensée enfantine infiltre-t-elle la nôtre, s'immisce dans votre intimité au point de vous forcer à ouvrir la coque que vous aviez scellée ?

A la même époque, Papilou te raconta lors d'un pique-nique comment au Moyen-Age les fauconniers cousaient les paupières des fauconneaux, le temps de leur apprentissage. Contraints à chasser leur proie à l'aveugle, avant de revenir se poser sur le manchon de cuir de leur dresseur, les jeunes rapaces développaient d'autres facultés plus aiguisées.

Comme eux, as-tu-su écouter tous tes sens pour accéder à l'invisible ? Adulte, peut-être surestimons-nous ce que nous voyons, ou ce que nous pensons voir ? En nous appuyant trop largement sur la vision pour comprendre notre monde et les nôtres, n'oublierions-nous pas l'essentiel ? Délaissées, nos autres perceptions s'endorment-elles ? Passons-nous ainsi à côté de l'essentiel ?

L'écho de ton rire jaillit

En cascade, percute les parois

Du précipice vers lequel je glisse…

Chapitre 18

Lettre de Papilou

Mon colibri,

Je réponds à l'ultime souhait de Mamilou, avant de rendre son dernier souffle. Comment le lui refuser ?

Alors voilà, à ton attention je pose sur le papier les vestiges de ma mémoire qui s'enfuit. Depuis des années, avec un mot pour un autre, je donne le change avec humour parfois, pose de dérisoires rustines et rafistole la chambre à air de mes souvenirs. Lorsqu'il m'en vient un, furtive visite, j'attrape un crayon et rédige quelques lignes de pleins et déliés, de hauts et de bas, d'envolées et de chutes.

Souvenirs oubliés dans la fuite du temps,

Aiguilles de pins ou d'or, délaissent les cadrans,

S'écoulent les heures qui mènent au grand vertige,

Tombe en lambeaux ma mémoire, mille vestiges.

Un soir d'hiver, tu avais sept ou huit ans, tes parents étaient au Canada, et curieuse déjà, tu me questionnais sur les jeux d'autrefois.

Je t'ai descendu du grenier un carton rempli des reliques de mon enfance. Celles qui, gamin, occupaient mes jeudis. Jeux de construction, soldats et animaux de plomb Quirala, livres, collection de timbres, bons points de l'école, images des chocolats Nestlé, pièces de Meccano.

Immédiatement, tu t'es précipitée sur les jeux de construction et les pièces Meccano. Dans le salon transformé en aéroport, prenait forme un univers avec pistes d'atterrissage et de décollage ; ma petite-fille démontait et remontait les éléments pour faire apparaitre des fuselages ailés. Le cœur battant, tu créais des structures, frémissements et balbutiements d'un chemin ambitieux, pavé d'opiniâtreté et de détermination.

À quoi se jouent les choix ?

À quels fils suspendus de l'enfance se superposent tous les imaginaires pour recréer le monde réel, celui dans lequel, à l'heure des choix, l'adolescent se projette ?

Je me suis souvent demandé si ma petite Perle, sans pièces de Meccano à manipuler, se serait dirigée vers l'ingénierie. Avec les boîtes de Kapla, que tu réclamas également par la suite, tu érigeais des heures entières d'impressionnantes architectures complexes, délaissant de plus en plus les plans pour suivre exclusivement ton inspiration. Bluffé, je t'encourageais.

Un peu plus âgée, après la disparition de tes parents, nous avions tous trois découvert éblouis, de passage à Bordeaux, un cabinet de curiosités du 18è siècle. Oiseaux naturalisés, masques Hébrides, masques africains, objets en ivoire, bijoux, bois gravé, coquillages, coraux, papillons, insectes, pierres, fossiles, porcelaines de Chine, du

Japon, carapace de tortue, cimeterre, machette, fibule, défense d'éléphant, corne de rhinocéros, vertèbres et côtes de baleine, peigne sculpté, ornements de cheveux…

À ton retour, tu t'es enfermée dans ta chambre avant de couvrir les pages d'un carnet croquant les objets que tu avais observés. Sur la couverture tu avais écrit « Mon carnet de trésors ».

T'en souviens-tu ?

Tu n'imagines pas notre émotion à Mamilou et moi lorsque, le lendemain, tu nous as cérémonieusement présenté ton travail. Crayons à papier, aquarelles, pastels, fusains, toutes les techniques servaient un projet que tu as mené à son terme, réinventant les détails oubliés.

Nous nous sommes longuement regardés, pleins d'espoir, heureux de ce don de l'observation.

Le samedi soir nous avions l'habitude de regarder ensemble des enregistrements que je préparais à ton attention. Contre toute attente, un film muet, en noir et blanc, remporta tous les suffrages, détrônant les Disney en série et autres grandes productions. Le Kid, 1919. Charlot, père de substitution miséreux recueille un enfant abandonné, qu'il élève comme son propre fils.

T'identifiais-tu à ce petit orphelin des rues ?

Son sort si terrible et incertain au début du film, ne se réduit pas à une fatalité. De péripétie en péripétie, la lumière perce et lui offre un avenir radieux. Ton besoin de réparation et de justice satisfait, tu partageais intensément la joie de ce marmot entouré de parents tombés du ciel. De séance en séance, un plaisir attendu, certain, que personne ne te volerait.

Par la suite, les aventures trépidantes d'Indiana Jones lui ravirent la vedette. La joie sur ton visage mutin, sur celui de Mamilou aussi, pour d'autres raisons. Je sais qu'elle a toujours eu le béguin pour Harrison Ford ! Ressemblants, lui et moi pourrions être frères. Quelle est sa part contributive à la réussite de mon couple ? Je me sens presque redevable !

Te souviens-tu de nos promenades, sous un soleil de plomb, sur les pavés antiques de Pompéi ? Tes réflexions m'impressionnaient. Tu sautillais et saisissais souriante la beauté d'une culture. Fresques, nymphes, fontaines imprimées sur tes rétines. Soudain, après avoir lu ensemble un écriteau, tu t'es figée, glacée d'effroi.

« Mais alors, Papilou, si avant la nuée ardente, une pluie de lapillis avait déjà recouvert toute la ville sur cinq mètres de hauteur, les familles, qui se croyaient à l'abri dans leurs maisons, étaient enfermées, prisonnières des murs. Elles étaient mortes avant d'être mortes ! »

La tristesse soudain sur ton visage. Pas besoin de film, ton imagination fertile te guidait dans ces villas où parmi les cris de détresse et les appels des proches, la peur et la terreur emplissaient l'air devenu irrespirable. Sur ta tête, un nouveau toit s'effondrait sous le poids des pierres de lave, dernier soubresaut de l'enfance. La fournaise emprisonnant de sa gangue les derniers gestes des amants enlacés pour l'éternité.

En écho, comme des éclats de joie adressés aux cieux, tu ne cessas de chanter, tout le reste des vacances, nous exhortant à entonner en chœur des airs de Tino Rossi, Luis Mariano ou Adriano Celentano. Alors, nous chantions, à gorges déployées pour célébrer la vie « Méditerranée aux îles d'or ensoleillées, Rossignol de mes amours… ». Toi seule atteignais, enthousiaste, le contre do du rossignol, une envolée prophétique.

Comme un papillon paré de somptueuses couleurs irisées, tu as laissé derrière ton sillage des poussières d'or, qui égayent le bout du chemin où nous sommes arrivés ta grand-mère et moi, à la découverte d'un continent où passé et présent se mélangent, délicieusement.

Je ferme les yeux. Tu es là, devant moi, à trottiner dans les allées éclatantes du jardin de Giverny, et mon cœur enfle de bonheur. Avec un filet, retenir les ailes de la jeunesse avant qu'elles ne s'éloignent.

Et pourtant, quelle immense satisfaction de voir son oisillon voler de ses propres ailes ! Des racines et des ailes. Mission accomplie.

Je regarde le plafond de la chambre sur lequel court une fissure que je n'avais jamais repérée. Maintenant je ne vois plus qu'elle, et ne parviens à détacher mon regard. Une faille béante. Il y a peu, tout se tenait encore.

Hier, nous jouions avec deux bouts de bois. Sur des feuilles quadrillées, sortant des flots, au crépuscule, les plans de batailles navales que nous nous livrions avec espièglerie. J'entends tes cris de victoires « Touché, coulé, Papilou ! »

C'est un peu ça mon colibri. Je suis touché. Je coule.

Mon enfant, vis comme tu le désires. Invente ta vie ! N'obéis à aucune injonction, aucune règle, aucun ordre que tu ne te donnes.

J'entends encore ta voix. « Papilou, l'officier a désobéi aux ordres de bombarder ! Tu te rends compte ? Il a sauvé cette peinture ! ». Où étions-nous déjà ?

Fraie ton chemin en n'écoutant que ton cœur. Fais fi des obstacles, comme tu as toujours su le faire. Je suis si fier de toi. Tant de ressources, de volonté, de détermination et d'insoumission. Tu es et seras toujours ta meilleure amie, une si belle jeune femme qui sait ce qu'elle veut, le défend, le conquiert et ne renonce pas.

Mon colibri, j'admire ton parcours tout autant que ta force de caractère. Considère ce dernier trait de ta personnalité comme un gisement inestimable, un pilier sur lequel tu pourras toujours t'appuyer. Un roc.

Je t'embrasse, ton Papilou qui t'aime fort.

« Grand comment ? Comme une montagne de dinosaures ! »

Chapitre 19

Paris

J'arpente depuis des jours les pièces de long en large, à la recherche du moindre indice sur cette inconnue. J'ai décidé de démasquer les contours de cette identité féminine qui m'a toujours été cachée. Pas le moindre tiroir qui n'ait été passé au peigne fin. Comme une voleuse, j'ai fouillé l'intégralité du mobilier de mes grands-parents. Armoires, commodes et secrétaires n'ont plus de secret pour moi, allant jusqu'à retourner les tiroirs. Un déferlement d'objets hétéroclites, dont j'ignorais l'existence confinée, pièces rapportées récentes, ou compagnons au long cours d'une vie qui sortent d'une longue nuit.

Je me sens une archéologue des temps modernes, quelque peu découragée jusqu'à ce que j'exhume du grenier un coffret laqué rouge, couvert de poussière, orné d'une grue, symbole de bonheur, cerclée d'une écriture japonaise. Mon cœur s'emballe. Un pressentiment m'annonce que je détiens enfin la clef de mes recherches.

Je descends m'installer dans la cuisine et commence par nettoyer ce somptueux boitier peint d'une main délicate. Doucement, je fais glisser le panneau supérieur d'où émergent quatre piles de photos soigneusement enrubannées de noir. Face à cet autel de papier à la mémoire des anciens, je m'interromps un instant, émue par la solennité qui flotte dans l'air. Il ne s'agit guère d'une banale boite à chaussures, dans laquelle s'entasseraient en vrac d'innombrables photos. Trop de soins. Une ultime attention.

Alors je dépose les quatre paquets sur la table. Au dos de l'un, je reconnais sans la moindre hésitation possible l'écriture aérienne de Papilou. Quatre dates.

Je défais le premier nœud puis étale les petites images crénelées. À son regard, j'identifie immédiatement l'enfant en culotte courte, les genoux cagneux, les cheveux plaqués, coiffés d'une raie sur le côté. À ses côtés se tient une fillette aux longues anglaises, la mine réjouie, un cerceau à la main. Une tour de château occupe l'espace droit.

Ce château de brique avec ses tours rondes apparaît sur maintes prises en arrière-plan. Cette bâtisse m'évoque quelque chose dont je ne me souviens plus. Une vague réminiscence. Une forme de clairvoyance ? L'ai-je vu enfant ? Le sentiment que ces murs décèlent une histoire qui m'échappe encore, germe en mon esprit. Que cache-t-il ? Que m'a-t-on caché pour me protéger ? Où se trouve-t-il ?

D'un autre paquet émergent des réunions familiales en toutes saisons, pique-niques, mariages, baptêmes, communions, anniversaires... Le houx court sur une longue table de fête, qu'un imposant lustre cerclé de gui surplombe. En arrière fond, un immense sapin de Noël observe la joyeuse assemblée qui lève des coupes de cristal. Parmi la vingtaine de visages qui s'animent sous mes yeux, je n'en reconnais qu'un, encore celui de mon grand-père, gamin. La fillette à ses côtés serait-elle sa sœur ? Un personnage dont j'ignorais l'existence, jamais évoquée en ma présence. Je mesure le contraste entre les fêtes de famille auxquelles je suis habituée, réduites à cinq puis trois couverts, et celles-ci. Une indéniable effervescence anime chaque cliché teinté de la joie non feinte des retrouvailles.

Du troisième paquet, surgit une villa à colombages. Quoique plus pimpante, avec une végétation moins envahissante, aucun doute n'est permis. Le jardin et les façades me le confirment. Trouville s'étale en contre-bas avec la mer au loin, à perte de vue.

De poses en instantanés, un couple et leurs enfants reviennent selon plusieurs combinaisons. La mère seule avec un poupon dans les bras, une frimousse minuscule. Un petit enfant, qui trottine sur l'herbe, joue au ballon. Une fillette, et un garçon plus âgé, entourent leur mère de leurs bras menus. Plus grands, ils encadrent leurs parents sous un lilas en fleurs. Harmonie. Le fils a exactement les mêmes traits que la fillette au cerceau. Voilà donc probablement cette grand-tante avec son mari, élégant moustachu, et leurs deux enfants, en villégiature.

Que leur est-il arrivé ? Qu'a-t-elle enduré pour choisir l'enfermement ?

Le dernier paquet m'étonne, composé de personnages flous et de paysages embrumés. Je réalise qu'il s'agit de photographies de trois tableaux de touche impressionniste. Je ne reconnais aucun d'eux.

Sur l'un, une jeune femme se tient debout tournée de trois quarts ; elle regarde les vagues, à moins que sa pensée ne la porte au-delà des flots. Qui est-elle ? J'observe chaque composition avec plus de concentration, à l'affut d'un détail susceptible de m'informer davantage.

Ayant parcouru en tous sens les allées du Louvre et du musée d'Orsay avec Mamilou, je ne peux que constater une filiation évidente avec le courant impressionniste, sans établir de lien plus défini. Ces tableaux m'intriguent énormément. Que font-ils parmi les photos de famille ?

La sonnerie du portail m'interrompt. J'attrape la clé et cours ouvrir. De stupéfaction, en arrêt, je perds la voix devant l'homme barbu qui se tient face à moi.

— Bonsoir Eloïse ! Tu en fais une de ces têtes !

— Bonsoir, évidemment que je suis surprise Mathias ! parviens-je à lui souffler avec peine.

Si j'étais honnête avec moi-même, je tournerais immédiatement les talons et m'enfermerais. Toujours cette docilité, cette politesse inappropriée qui me gouverne !

— J'ai appris par la boite que tu étais rentrée en France. Alors je me suis dit…

— Laisse-moi deviner…qu'Eloïse ne raterait pour rien au monde un rendez-vous avec son ex ? lui dis-je d'un ton sec.

— Comme tu y vas ! Ne le prends pas comme ça Elo, je passe simplement prendre de tes nouvelles, m'annonce-t-il en ouvrant les bras.

— Ah, tu veux de mes nouvelles maintenant ? Comme c'est étrange, lors de ma dernière visite impromptue chez toi, je t'ai trouvé plutôt embarrassé.

A cette remarque je le vois piqué au vif. Il cherche ses mots. Silence.

— Bah…c'est de l'histoire ancienne ma puce, balance-t-il d'un air doucereux.

— Oui ! C'est exactement ça, Mathias. Nous deux, c'est une histoire ancienne. C'est le mot juste. Et ne m'appelle plus ma puce. Je te laisse à ton agréable compagnie…

— On pourrait au moins aller boire un verre ensemble ? Je suis à Paris pour deux jours, insiste-t-il lourdement.

— Tu aurais dû proposer à ta chérie de t'accompagner, lui répliqué-je.

— Hum…non, c'est terminé entre elle et moi. Elle m'a quitté. C'était compliqué… Tu me manques, assène-t-il pensant me faire fléchir.

— Est-ce que tu t'entends ? Maintenant qu'elle est partie, tu geins ? As-tu seulement pensé à ce que j'ai ressenti en vous découvrant tous les deux ?

Mon sang ne fait qu'un tour et bout. Mes ongles s'enfoncent dans la chair de ma paume.

— Mais il n'est pas trop tard pour nous deux Eloïse. Ma chérie…

— Il n'y a plus de nous deux qui tienne Mathias ! Tu m'exaspères. Que fais-tu là ? Ma voix déraille, monte dans les aigus. J'ai mis plus de trois mille kilomètres entre toi et moi. C'est fini. Terminé. Tu entends ?

La voisine promène son chien et semble ne pas perdre pas une miette de cette conversation, à moins qu'empathique, alertée par le volume de ma voix, elle ne se montre simplement vigilante. Ou bien je me fais des films…

— Elo tu ne peux pas effacer comme ça quatre années ensemble, tente-t-il.

— Aussi surprenant que cela te paraisse, c'est déjà fait ! Je me détourne mais, plus rapide que moi, il pose fermement sa main sur mon avant-bras.

— Eloïse, ma colombe, tu me disais que j'étais l'homme de ta vie, tu rêvais de fonder une famille, de …

— Eh bien, je me suis trompée. J'ai tout mon temps pour cela, et ce qui est sûr c'est que ce ne sera pas avec toi. Il fallait y réfléchir avant. La pression de sa main se resserre. Son regard s'assombrit et je vois les muscles de ses mâchoires se contracter. Il m'impressionne. Je jette un regard vers la rue. M'entendrait-on ?

— As-tu rencontré quelqu'un là-bas ?

— Cela n'a aucune importance... Laisse-moi !

— Un Suédois ?

— Ecoute, je n'ai pas à te répondre. Lâche-moi maintenant ! C'est ma vie et tu ne manques pas de toupet de débarquer comme ça, genre, salut ma puce, on prend un verre ?

Je fulmine. Une envie furieuse de le mordre s'empare de moi. Je tergiverse.

— Je m'ennuie de toi, me glisse-t-il à l'oreille.

De son autre bras il m'attrape par le cou. J'ai envie de hurler. Sentir son haleine me révulse.

— Non, tu t'ennuies tout court. Oublie-moi Mathias. Lâche-moi je te dis ! Je n'ai plus rien à t'offrir. Ma voix s'étrangle.

— Alors juste un verre ? quémande-t-il encore.

Il me maintient fermement par les épaules, face à lui. D'une ruade je me dégage brusquement et recule, manquant perdre l'équilibre. Je ne parviens plus à rester calme et hurle :

— Nous deux c'est FINI et depuis LONGTEMPS ! Je m'époumonne.

— Tu ne peux pas me faire ça ma caille ! Tu me fais du mal !

Ah, bon, nous y voilà. Il veut me donner mauvaise conscience. Je cours vers la maison, saisis la poignée de la porte, et me retourne. Je l'aperçois qui affiche l'air misérable d'un garçonnet puni, ses mains enserrant sa tête. Je le trouve tout à la fois ridicule, pathétique, et terriblement dangereux.

— Comment ça ? Te faire ça ? Qui a fait quoi ? Rappelle-moi les faits ? Mon souffle se fait court.

— Eh, c'est du passé je te dis, répète-t-il.

— Ne cherche plus JAMAIS à me revoir Mathias. Ni ici, ni ailleurs. Je ne serai pas ton infirmière.

— Eloïse, je…

— Je ne suis plus celle que tu as connue. Adieu Mathias !

Il m'implore encore. J'en ai assez entendu. Ma fureur me fait claquer la porte, oublieuse du fragile vitrail d'arums blancs et lys roses qui vibre dangereusement.

Cette conversation m'a mise hors de moi. J'écume de rage sous l'effet de l'adrénaline. Mais pour qui se prend-il ? Et cette façon de me culpabiliser. Oui ! je me suis fait un film ; j'ai rêvé avoir un jour un enfant de cet homme. J'ai cru voir en lui quelqu'un sur qui compter, un complice, un confident digne de confiance. Un mirage.

Lorsque je l'ai surpris main dans la main avec l'une de mes amies, je me suis effondrée. J'ai dérivé, mis des mois à me relever, à me dépêtrer de son image envahissante. Partout son fantôme apparaissait, sa voix me poursuivait à l'angle des rues, jusque sur les terrasses des cafés où je me retournais dépitée.

Longtemps après mon départ, je sentais encore les paumes de ses mains réchauffer les miennes, sa peau douce, la pulpe de ses doigts, leurs pulsations.

Désorientée, j'ai dû me réinventer, mettre les voiles. Un arrachement. Une nécessité. Etrange hasard d'une opportunité professionnelle qui arrive à point. Une aubaine à ne pas décliner. Changer de latitude m'a contrainte en changeant de langue, à abolir les frontières de mon horizon, à combler les sillons arides de son absence. De mois en mois, les contours de son corps devinrent flous, s'estompèrent, s'effacèrent, laissant place libre à ma nouvelle identité. À ses côtés, dans quelle mesure étais-je vraiment moi ?

Bifurquer. Se perdre quand on a tout perdu.

Un recommencement après l'effondrement, le vide de l'autre, le désert affectif, l'humiliation, la destruction.

Cette terre hostile à la beauté sauvage a avalé mon chagrin, effacé toute trace de cet homme, m'a relevée et reconstruite. Un changement radical de mode de vie, de milieu, auquel j'ai dû m'adapter. Dans un univers métamorphosé, je me suis fait de nouveaux amis et, plus important encore, je me projette à nouveau.

La nature omniprésente me porte, m'envahit de sa force, me remplit, comble les précipices qu'il avait creusés. Les lacs miroitants, les forêts et les paysages grandioses ont redessiné les contours de ma géographie intérieure irriguée de mille canaux. J'ai franchi mes propres limites, découvert, avec surprise et joie, de nouvelles frontières à ma personnalité.

Je suis née en Laponie. L'ancienne Eloïse n'est plus.

Encore exaspérée par la venue impromptue de Mathias, les photographies sur la table me font de l'œil. Changer d'air. La villa sera bientôt mise en vente ; je décide de me rendre sur la côte demain dimanche et prépare mes bagages.

Le fleuve impétueux

Inonde le delta,

De mon âme de cartographe

Dont tu étais l'alpha.

Chapitre 20

Trouville

Sur la route tranquille, la voix d'Asa m'accompagne, le tambour entêtant martèle les attentes d'un peuple.

Défile sous mes yeux un paysage de bocage auquel se superpose un calque blanc, celui de la taïga. Il me vient l'idée de prendre rendez-vous avec un antiquaire pour une estimation d'achat de mobilier, et autres babioles. J'ai toute la semaine devant moi pour étudier chaque pièce, chaque recoin, fouiller cette demeure de la cave au grenier, et tâcher de comprendre. Il me manque une pièce de puzzle.

Je suis la départementale qui serpente, remarque au loin des points multicolores, dépasse un groupe de cyclistes essoufflés et arrive à bon port en fin de matinée. La ville tranquille, nichée dans un vallon de verdure, m'évoque un petit coin de paradis. Le ciel outremer de ce dimanche offre une toile de fond aux cirrus, un ourson polaire au museau pointu y poursuit sa mère aux contours flous.

Je reconnais le mur de chèvrefeuille et me gare devant le haut portail de ferronnerie. Dans la rue déserte, les chants intenses des chardonnerets, pinsons et mésanges se répondent de jardin en jardin. C'est une étrange impression que de posséder le trousseau de clefs de cette demeure dans laquelle je m'apprête à entrer comme par effraction.

Sous le vent, le palmier s'incline, les feuilles argentées de l'eucalyptus frémissent. Majestueuse, la villa se dresse sur son perron et me semble plus mystérieuse encore. Est-ce le fait de ma solitude cette fois ci qui s'exprime ainsi ?

Cette demeure inhabitée recueillait en son temps les cris, les rires, les plaintes et les chants de ses occupants. Mes grands-parents sont-ils venus ici ? Rendaient-ils visite à leurs proches parents ? J'avais tort de les croire éternels, de les imaginer pour toujours à mes côtés. Il eut été si simple de les interroger !

Troublée, j'introduis la plus longue clé et tourne la poignée torsadée. Le grincement des gonds accueille à nouveau ma venue. Le bois massif a tracé un arc en ciel délavé sur le dallage. Telle une vacancière qui s'installe, je commence par ouvrir quelques fenêtres aux gonds grinçants, et hume l'air marin vivifiant. Bien-être.

Au passage je constate sur les boiseries les dégâts dus à la salinité attaquant également les marquises et encorbellements, qui nécessitent de nombreux travaux de restauration. Où qu'il se pose, mon regard repère les outrages du temps, grain à grain. Inexplicablement, ils soulignent la beauté de la bâtisse, à tel point que la magie opère sur quiconque la regarde, conquis.

Un charme puissant se dégage de cette demeure auxquels oriels, vitraux, balustrades et redents contribuent indéniablement.

Mon programme est clair : je compte optimiser mes journées ponctuées de balades, et faire le tour des questions qui me hantent. Avant de commencer mes investigations, je chausse mes baskets, referme la grille latérale, et descends le grand escalier pentu qui mène au rivage en respirant les embruns, à plein poumons. Comme je déteste les escaliers aux innombrables marches, à peine arrivée en bas je pense déjà au moment du retour, lorsqu'il me faudra le remonter.

Quelle majestueuse étendue que ce littoral ! Quel bol d'air !

Les nuances blanches éclaboussées de nacre des nuages dessinent de voluptueux Botero contemplant les vagues, avant de s'y jeter. En nombre sternes, mouettes et ribambelles de bécasseaux étudient la laisse de mer, les adultes encadrant les jeunes au plumage plus foncé. La vitalité et le scintillement des flots m'enchantent, ainsi que l'espace offert à perte de vue, l'horizon infini, le souffle du sac et du ressac, respiration d'une déesse mère dans le giron de laquelle un tout-petit s'abandonne au sommeil.

Des camaïeux de bleus, de verts, de gris, de mauve et lilas se superposent selon les apparitions du soleil jouant à cache-cache, dévoilant des gerbes de rayons d'or. Petite fille, cette cascade de longs cheveux maternels, peignés mèche à mèche, ne pouvait être qu'un clin d'œil céleste.

Un long moment je longe la grève, foulant du pied des algues vertes, brunes, rouges, des coquillages intactes ou brisés, les poches brunes d'embryons de requins, les sphères aériennes lactées d'œufs de seiches. Par surprise l'écume vient lécher mes chevilles, alors, comme une enfant, je regarde la mer et m'amuse à éviter ces langues caressantes.

Revenant sur mes pas, dos au soleil, mon ombre démesurée projette sur le sable une ombre conquérante sautant de son drakkar, le fantôme d'une Viking du neuvième siècle, passée ici avant moi.

J'aperçois alors une dame âgée descendre prudemment l'escalier vertigineux, et m'étonne presque de la voir ici toute seule. Une frêle brindille posée sur un roseau. A pas mesurés elle prend doucement ma direction, visage rond, avenant, empli de bonté, animé par des yeux dont la couleur oscille entre les tons bleu et lavande.

— Bonjour mademoiselle, me dit-elle en souriant.

— Bonjour madame, vous êtes bien téméraire pour effectuer cette raide descente sans aucune aide, lui dis-je, en pointant l'escalier du menton.

— Oh ça, pensez-vous ! C'est surtout la montée qui est difficile… mais elle entretient certainement mon souffle.

— Je vous admire ! En serai-je encore capable à votre âge ?

— Ce n'est pas compliqué, cela fait cinquante ans que je suis trouvillaise. Faites un peu d'exercice tous les jours, vous verrez ! ajoute-t-elle.

— Je tâcherai de m'en souvenir. Ce qui m'étonne ici, c'est la lumière !

— Il en est de même pour moi ! Et quelle que soit la météo, je viens admirer mon tableau de Boudin, car chaque jour les couleurs changent, m'enchantent, m'émerveillent. Pour tout vous dire je ne m'en lasse pas.

— Comme je vous comprends ! dis-je dans un profond soupir.

— Voilà mon secret de santé, mon élixir de jouvence ! Le jour où je ne pourrai plus venir, ce sera le début de la fin ! me confie-t-elle.

— Alerte comme vous êtes, cela ne se produira pas avant longtemps !

— Vous êtes charmante mon enfant, mais j'aurai bientôt 92 ans et mon équilibre commence à me jouer des tours. Mais je ne vais pas vous accaparer avec mes petits tracas. Vous avez certainement mieux à faire que de tenir compagnie à une vieille dame comme moi. Je serais ravie de reprendre notre discussion une prochaine fois, me propose-t-elle.

— Alors, disons-nous à demain à la même heure ?

— C'est une excellente idée ! A demain mon petit ! Je m'appelle Maud.

Arrivée au sommet de la volée de marches, je mesure l'endurance et le tonus que cette ascension exige d'une personne âgée. Un curieux personnage ma foi. Revigorée, les tensions m'ont quittée. Je ramasse un minuscule fossile de brachiopode translucide, lorsque retentit la sonnerie de mon portable. S'affiche le prénom de l'une de mes meilleures amies.

— Salut Margot ! Quel plaisir de t'entendre !

— Salut ma vieille ! Tu croyais que ta copine t'oubliait ?

— Jamais de la vie ! Mais je sais que tu as souvent la tête sous l'eau. Alors comment vas-tu ?

— C'est vrai, je suis comme toujours débordée mais je m'accorde une pause. Je fais aller. Et toi, j'entends la mer ?

— Oui, je suis sur la plage. Le décès de Mamilou est à la fois compliqué, et à la fois un soulagement, tant elle était épuisée, livide, méconnaissable... Il me reste maintenant tous ses souvenirs à trier, ranger, donner.

— Et Papilou ?

— Lui, il a toutes ses forces, mais il a complétement perdu la tête… D'une certaine manière il est déjà parti. Dimanche, il ne m'a pas reconnu, a refusé le petit tour sur la terrasse, et m'a demandé de le laisser tranquille là où il était, dans la salle commune : « Laissez-moi enfin, ou j'appelle l'infirmière ! ».

— Je vois. Au moins est-il maintenant entouré et surveillé. C'est plutôt rassurant.

— Si tu le dis, mais avec tout ce que l'on entend…Et toi, toujours au CHU ?

— Oui mais le service s'est réorganisé et c'est encore plus stressant.

— Qu'entends-tu par réorganisé ?

— Auparavant je pouvais choisir un service, je le connaissais sur le bout des doigts. En somme, je m'y sentais un peu comme chez moi. Sachant exactement où le matériel était rangé, je le trouvais.

— Cela parait indispensable pour une infirmière, non ?

— Pas pour tout le monde apparemment ! Dorénavant toutes les infirmières doivent être polyvalentes, déplacées de service en service, au grès des besoins, sans qu'on leur demande leur avis. Là vois-tu, je sors d'une semaine en réanimation alors que je déteste ça !

— Oh mince ! Uniquement des cas critiques… Quel stress !

— Imagine des personnes inertes, plus lourdes que toi à soulever et retourner. C'est très physique, sans parler des pronostiques vitaux engagés…des échecs aussi.

— C'est une gestion du personnel bien étrange, peu humaine.

— Pas le choix ! Dorénavant c'est comme ça. D'autres collègues se retrouvent en oncologie, ou en pédiatrie, sans l'avoir souhaité, alors que c'est également très spécial. C'est bien simple, on tourne toutes. Un vrai manège !

— Effectivement ! Rien de mieux pour démotiver !

— Mais le pire c'est de chercher tout, tout le temps, de perdre un temps fou à ça ! C'est épuisant. Hier, pas moyen de mettre la main sur un cathéter. Au final, je trouve cela exténuant, beaucoup moins efficace, et tellement pénible !

— J'espère que cela va s'arranger pour toi Margot ! Un trop long silence suit ma réponse.

— Margot ? Tu es toujours là ?

— Silence. Oui, oui… Tu as toujours su m'écouter, m'affirme-t-elle d'une voix étranglée qui n'augure rien de bon.

— Margot, tu m'inquiètes. Drôle de médecine !

— J'ai l'impression que les chefs de service reçoivent l'injonction d'être des managers. Soigner vite, soigner rentable. Des groupes financiers prennent la main, précise-telle.

— Tu parles d'un horizon !

— Des soignants démissionnent, partent dans le privé avec de meilleurs salaires. On vient encore de perdre un anesthésiste. Bilan deux salles d'op fermées, ajoute-t-elle.

— Quelle absurdité que de les fermer faute de médecins ou d'infirmiers !

— Oui, et plus ça va, plus la sélection des patients s'accentue entre les cas simples à courts séjours, qui rapportent, et les cas compliqués, plus longs ou sans moyens, qui nous reviennent d'office. Pas de lits pour les actes peu intéressants d'un point de vue comptable.

— C'est tellement loin de ta conception du soin !

— Tu vois, j'en perds mon latin et je me questionne sans arrêt. Mais assez parlé de moi ! Allons au but, je n'ai plus beaucoup de temps. Quelqu'un côté cœur ? Et ton nouveau poste ?

— Commençons par le commencement ! J'adore mon nouveau job et son environnement. Maintenant j'ai trouvé mes marques, mon rythme de travail me convient, et surtout j'ai fait quelques connaissances...

— Alors, alors ? Sa voix devient plus enjouée.

— Mon équipe est composée de douze personnes qui viennent de tous les continents, huit nationalités avec une grande ouverture d'esprit. C'est vraiment agréable à vivre au quotidien. Conclusion, avec de réelles perspectives d'évolution, j'ai bien fait de partir si loin.

— Sauf que tu oublies à quel point je te manque ! lâche-t-elle ironique.

— Et inversement ! Dis-moi, Fred va bien ?

— Oui, il vient d'être débauché par un cabinet d'avocat. Période de transition, très occupé, mais satisfait. Alors, une belle rencontre ?

— Cela se pourrait !

— Tu dois m'en dire plus mon Elo, me taquine-t-elle.

— OK, pas de secret pour Margot ! Il est suédois…

— Humm…du genre déménageur, ou à tourner dans la série Viking ?

— L'archétype du Viking. Figure-toi que lors de mon premier séjour, dans la rue, dans les bus, absolument partout, je me sentais si petite…Femmes, hommes, enfants sont majoritairement très grands ici. Nils a des yeux bleu glacier, un beau visage carré avec une voix de basse.

— Vous bossez ensemble ?

— Pas du tout ! Je l'ai rencontré lors d'une soirée à laquelle m'a trainée une collègue sympa, Brigitt.

— Et que fait cet adonis dans la vie ?

— Je vois que tu vas étudier son profil avec attention, dans mon intérêt comme toujours ! Il est ethnologue et travaille auprès de l'OMS.

— Je suis tellement contente pour toi ! Tu as un job qui te passionne, au cœur d'une équipe saine, c'est extra !

— Oui, après un plongeon en eaux troubles, je savoure enfin mon bonheur…

— Je le partage sincèrement. Et je n'oublie pas que cela ne doit pas être facile d'avoir à t'occuper seule des affaires de tes grands-parents. Si je peux faire quoi que ce soit, tu m'appelles.

— Merci à toi Margot ; mais c'est trop personnel. Franchement, tout ceci n'est pas une partie de plaisir mais cela m'oblige à me pencher sur mon histoire familiale. Aujourd'hui, je ressens une profonde gratitude envers l'homme et la femme qui, pas si âgés, ont assuré mon éducation.

— Je n'ai jamais oublié notre escapade à Rennes, tous les quatre. Ils étaient très cool de m'avoir invitée à me joindre à vous. Pas du tout le genre des miens !

— C'est assez curieux de se dire que l'on ne connait jamais vraiment ses proches. Figure-toi que j'ai découvert que Papilou avait une sœur, dont personne ne m'a parlé. Il n'a jamais fait allusion à elle. Il n'y avait aucune trace de son existence, ni au détour d'une conversation, ni par une photo exposée. Elle a pourtant eu sa propre famille. Moi qui ai toujours rêvé d'avoir des cousins…

— C'est un peu étrange…très sociable et jovial, j'imagine difficilement ton grand-père se brouiller avec qui que ce soit. La bonté même ! Tu pourrais l'interroger ?

— Depuis le décès de Mamilou, son état s'est rapidement détérioré, comme s'il avait décidé de quitter ce monde et de la rejoindre sans tarder. Il ne me reconnait absolument plus et s'adresse à moi comme à une étrangère. Je t'avoue que chaque visite est une épreuve que j'appréhende.

— Que te dit-il ?

— « À quoi ça sert ? C'est vrai ? Vous allez bien ? » Voilà les propos qu'il répète en boucle. Réagirait-il face à une photo ? J'en doute fort.

— Tu peux toujours essayer…à moins que cela ne le perturbe davantage. Je viens de lire un article à ce sujet évoquant une molécule intéressante, en cours de validation. Mais la recherche avance toujours trop lentement pour les personnes déjà atteintes d'une maladie, quel que soit le champ d'étude.

— J'ai également découvert tout un pan méconnu de la personnalité de Mamilou. Tu seras surprise…

— C'est-à-dire ?

— Et bien, elle était une excellente cavalière…

— C'est incroyable Elo ! Pas un seul mot de sa part à ce sujet lors de nos mercredis au club, ou ailleurs ! Pas une seule fois ! Pas une photo là encore !

— Tu vois, je ne m'ennuie pas. J'aimerais mieux les connaitre avant de repartir. J'ai l'impression d'être passée à côté d'eux.

— Tu savais ce qu'ils souhaitaient que tu saches. C'est l'essentiel. Peut-être qu'aborder certains sujets est parfois trop délicat, ou trop douloureux… Il parait alors plus simple de les évincer. Je suis certaine qu'ils pensaient bien faire. N'avons-nous pas chacun droit à notre part de mystère ?

— Orpheline, ils ont effectivement su me protéger…

— Et te donner des ailes mon Elo !

— Vois-tu, j'ai besoin de savoir qui était vraiment cette grand-tante, et ce qui est arrivé à sa famille.

— Tu as peut-être une kyrielle de cousins ?

— Comme une voleuse, j'ai cherché partout pour finalement mettre la main sur une lettre dans laquelle cette femme explique à Mamilou son choix irrévocable de devenir nonne.

— C'est surprenant ! Que peut-il se passer dans une vie pour arriver à ce choix drastique ? Au fait, moi aussi j'ai une petite surprise à t'annoncer…

— Ne me dis pas que tu es…

— Non toujours pas, je préfère attendre encore un peu…Allez, je te l'annonce. J'ai passé outre ma détestation du froid. Nous avons réservé nos billets pour Kiruna !

— C'est formidable ! Quand arrivez-vous ?

— Au mois d'août pour quinze jours.

— C'est génial Margot ! Je suis tellement contente…

— Zut, on m'appelle. Je dois te laisser Elo… tchao ! tchao !

— À très bientôt Margot, et surtout tiens le coup !

La conversation terminée, je réalise qu'un petit tour en superette s'impose pour quelques achats de première nécessité. Les propos de mon amie me peinent.

La savoir dans une situation professionnelle aussi tendue, à la merci d'une gestion des personnels soignants qui atteint au cœur la motivation des plus dévoués, des plus passionnés, m'alarme.

Cherche-t-on à écarter les plus compétents, les plus investis, pour ne garder que des employés malléables ? Habituellement si sûre d'elle, j'ai senti mon amie lessivée, fragilisée, déstabilisée, loin du roc qu'elle a toujours représenté à mes yeux.

Chapitre 21

L'enfance ne s'efface pas

Mes rêves m'emmènent en pleine taïga sur un traîneau tiré par une meute de dix samoyèdes, qu'un musher dirige de sa voix puissante. L'aube se lève brossant de longs voiles roses à l'horizon. Quelques flocons volètent, ajoutant de la magie au paysage immaculé.

Je sais que quelqu'un se tient à mes côtés. Une personne à laquelle tout mon être est lié, bien que je ne puisse la voir. Le cœur léger, nous frôlons en silence les branches des sapins sur un étroit chemin forestier. Dans ce paysage enchanteur de conte de fées, je m'attends à voir surgir quelques créatures fantastiques dotées de pouvoirs magiques.

Les milliers d'arches blanches des conifères sont autant de passages vers un monde de sortilèges qui s'ouvre soudainement sur une large vallée mauve où seules les innombrables traces d'animaux sauvages témoignent d'une vie intense, cachée.

Le grand calme.

Percevant le bruit sourd des feutres des patins sur la neige, un tel sentiment de paix me submerge que les aboiements joyeux des chiens ne peuvent entamer.

De part et d'autre me subjuguent d'innombrables cascades gelées habillant les versants des montagnes parées d'impressionnantes traines bleutées, tels des voiles de dentelle irisée, brodés par les doigts invisibles d'une habile dentellière, à qui la nature souffle ses motifs. La splendeur de l'instant berce mon cœur jusqu'à ce que j'aperçoive, au loin, un curieux passage vers lequel nous nous dirigeons à vive allure.

Je reconnais cette porte et voudrais tenir les rênes pour bifurquer. Je proteste, mais aucun son ne sort de ma bouche. Poupée de chiffon, tout m'échappe. Je ne contrôle plus rien, et bientôt me retrouve seule devant l'entrée. Le traineau s'éloigne déjà puis disparait. Sans que je ne la touche, la poignée s'abaisse. De l'entrebâillement me parviennent des chuchotements et des rires, cristaux de joie.

Je me faufile par l'ouverture, avance sans bruit sur le tapis de neige. Etrangement, mes pas ne laissent aucune empreinte derrière eux. Je me laisse guider par les voix enfantines et progresse vers ce que j'imagine être un groupe de garçons et de filles qui s'amusent. Des éclats de bonheur pur parsèment l'air embaumé par l'essence des résineux.

Mystérieusement avertis d'une quelconque menace, tous se taisent.

L'atmosphère change imperceptiblement. L'air s'épaissit, s'alourdit, se densifie. Un épais brouillard enveloppe de billes de plomb chaque particule en suspension, efface la beauté des lieux engloutie par le danger. Je ne distingue plus mes mains, retiens mon souffle et repère celui de l'ogre tout proche, capable de spectaculaires métamorphoses auxquelles seuls les enfants assistent impuissants. Mon cœur cogne puissamment dans ma poitrine ; mon pouls martèle mes tempes. Comme armée d'une carapace invisible, je sais qu'il ne s'en prendra pas à moi. Jamais. Il abattra son courroux sur plus faible. Encore et encore. J'ai mal. L'autre et moi ne faisons qu'un.

Spectatrice muette, prostrée, fascinée par la duplicité de cette créature, mi-homme, mi-monstre, je suis paralysée. Une bête à deux têtes. L'une mugit, écume ; l'autre sourit, séduit.

Avec une force herculéenne, un bras musclé s'empare de la frêle silhouette à mes côtés. Un cri m'échappe. Je me réveille en sursaut. La scène souvent répétée anime les murs, comme une projection de cinéma à laquelle je serais contrainte d'assister, enfermée dans une boite circulaire.

En premier lieu, l'obscurité de la salle de jeu, l'effervescence, la joie et l'excitation. Puis, apparaissent deux faisceaux lumineux fascinants, ceux de la locomotive du merveilleux petit train qui hypnotise tous nos regards. Moment de grâce, en suspension.

De sa douce main, le bonheur caresse les chevelures des têtes enfantines parties voyager loin, à travers les bois et les collines d'un gigantesque plateau ferroviaire que complètent tunnels et ponts. Nous voyageons et frissonnons de plaisir. Rêveries.

Rires en cascades, bruitages et amusements s'emparent de tous, nourrissant une agitation qui va croissant. Bientôt, une vive excitation envahit la pièce, meuble l'espace dans ses moindres recoins, une onde dont l'écho percute les murs. Félicité. Six bobines hilares, six gamins joyeux.

Soudain surgit l'ogre, tel un rapace qui fond sur sa proie. Il capture l'un d'eux de ses serres, s'empare prestement du plus petit, le soulève aisément, puis l'entraîne par-delà les montagnes dans un pays de désolation.

Une terre aride, que l'amour n'irrigue,

Le bonheur s'est évanoui, parviennent tes cris.

Courber l'échine, avant que ne cèdent les digues,

Pacte de sang, plaies léchées sur ton corps meurtri.

Combien de châtiments, de tourments, de punitions, inscrits dans la tendresse de ta chair ?

Au ravissement succédait la peine,

À l'enchantement, l'accablement.

Chapitre 22

Danser sur le sable mouillé

Encombrée de souvenirs gris, marchant sur le sable mouillé, je commence ma journée d'humeur maussade. L'air frais et iodé emplit mes poumons oppressés. Ce matin, la mer étale dissimule courants et tourments. Mouettes et goélands, en longues pauses méditatives, se laissent bercer sur la surface d'étain. Quelques rares joggers animent le paysage de leurs foulées cadencées. Je me sens davantage au diapason avec les baigneurs à plumes contemplatifs, qu'avec mes comparses lancés dans une course folle. Vers quoi ?

Avant de rentrer, j'effectue quelques étirements et torsions qui, outre l'agilité et la souplesse qu'ils me procurent, pratiqués au quotidien, symbolisent ma philosophie de vie. S'adapter aux aléas, accepter l'inattendu et l'imprévisible. Plutôt roseau que chêne ! L'imprévu me réjouit.

Je savoure le silence et la solitude de l'instant.

De retour à la villa, j'occupe toute mon énergie à mettre sens dessus dessous la salle à manger, puis le bureau. Bien que mes recherches soient vaines, je suis persuadée que je vais finir par trouver quelque chose. Alors que s'accumulent au sol objets épars, livres et papiers, cette impression tenace ne me lâche pas. Bien au contraire, elle s'accroche à moi et croît. Mon échec à mettre la main sur ce qui pourrait m'éclairer ne fait que renforcer ma détermination qui confine à l'entêtement.

Lorsque je réalise que j'ai vraiment faim, les deux pièces retournées semblent avoir subi un cambriolage. Je m'accorde un court répit dans la cuisine ordonnée, et reprends ma quête avec obstination.

Au milieu du champ de bataille, quantité de piles d'éditions anciennes retiennent mon attention. Planches des collections d'un musée de sciences naturelles, traité d'astronomie, en quatre petits volumes marbrés Emile ou de L'Education de Rousseau datés de 1829, œuvres complètes de théâtre de Corneille et Molière en carton rouge, aux éditions Nelson Daudet, Flaubert, Dickens, Scott parus dans les années 1930.

Cernant davantage les occupants de cette villa, je réalise alors que les murs qui m'entourent respirent l'amour de la culture, de la littérature, la pratique des arts : a minima la musique vu la quantité de recueils de partitions entassés sur les étagères. Il me tarde de découvrir où se cachent leurs photographies. Curieusement, aucun visage n'apparait où que ce soit. Pas le moindre cadre posé ou accroché. Pas le moindre regard ou sourire. Une absence incongrue.

Dépitée, je remets en place tous les volumes de la bibliothèque afin de dégager l'espace. L'opération est longue mais arrive à sa fin quand s'échappe d'un grand atlas de géographie ce qui semble être un papillon. Je descends la petite échelle et récupère le fin feuillet plié en quatre. Il s'agit d'un plan tracé au crayon à papier d'une main tremblante. Un seul mot presque effacé.

Mon cœur cogne. Je ne suis pas encore en mesure de comprendre la signification de cette découverte et pourtant mon intuition me dit que je suis sur une piste intéressante pour comprendre l'histoire passée de cette famille. Le clocher de l'église me ramène au temps présent, et me rappelle ma promesse faite hier.

J'attrape un chandail et file vers la plage plus fréquentée en cette fin d'après-midi. Malheureusement, je ne distingue pas la silhouette de Maud et regrette ma distraction. C'est alors que j'entends une voix amusée dans mon dos.

— Bonjour mademoiselle…

— Bonjour, vous m'avez bien surprise ! Appelez-moi Eloïse.

Maud se tient face à moi les cheveux coiffés d'un foulard rose et orange.

— Je suis un peu en retard ce jour. J'ai passé ma journée à entretenir mon jardin, désherber, semer...

— Vous faites également cela toute seule ?

— Oh, le petit désherbage. Lorsque mon petit-fils passe me voir, il me donne un sacré coup de main, coupe des branches, taille les haies… Vous semblez plus réjouie aujourd'hui, si je peux me permettre. Elle me sonde de son regard vif myosotis.

— Rien ne vous échappe ! Figurez-vous que j'ai quelques jours devant moi pour en savoir plus sur les habitants de la rue des Roches noires. J'habite provisoirement la maison de ma grand-tante que je n'ai pas connue et dont j'ignorais l'existence il y a peu.

— Rue des Roches noires vous me dites ? C'est une rue assez éloignée de la mienne. Voyons voir, que je me souvienne…

— Elle s'appelait Delorme de son nom de jeune fille, s'est mariée, a eu des enfants et a vécu avec sa famille à Trouville avant la guerre. Ensuite elle a pris la singulière décision de vivre recluse en portant le voile.

— C'est intriguant mais il y a tant d'histoires dramatiques lors des chaos de l'Histoire et des combats. Les guerres, ici ou ailleurs, portent toujours le même masque mortuaire, celui de la dévastation. Tirs, bombes, gravats, boue, sang, corps et cœurs meurtris, grappes d'enfants qui errent seuls, fuyants, déplacés, arrachés à leurs familles, à leurs mères…

— Ou même volés, comme au Soudan, en Ukraine, emmenés de force dans des pensionnats en Russie, ou ailleurs.

— Se pose aussi la question intemporelle des enfants de soldats, nés d'un viol. Cela me rappelle les innombrables lettres d'abandon.

— Des lettres d'abandon dites-vous ?

— Oui, celles qu'exigeaient les autorités de la part des mères en difficulté. A la fin du conflit quinze millions d'enfants déplacés, réfugiés, orphelins ou non, furent enregistrés en Europe.

— Et combien aujourd'hui en Europe ? en Afrique ? dis-je dans un soupir.

— Je vous l'ai déjà dit, je vis ici depuis quatre décennies. Mais dès l'armistice de juin 1940, je suis partie en zone libre. Ensuite, lors de l'occupation de ce territoire, ma famille s'est réfugiée en Suisse. Saviez-vous qu'entre 1940 et 1944, un tiers des Français a quitté son domicile ?

— C'est énorme ! Me permettez-vous une question indiscrète ?

— Bien sûr, mon petit.

— Vous êtes-vous un jour sentie en danger, menacée ?

— Dans ma vie, plus d'une fois ! En temps de paix, une femme n'est-elle pas en danger dans un monde fait par et pour les hommes ? Alors, lorsque c'est la guerre, imaginez un peu…

— Voyez ces nuages au loin qui nous apportent la pluie, poursuit-elle. Je serais ravie de vous inviter demain. Passez donc prendre un café et je vous raconterai cette terrible époque. L'orage approche, je vais rentrer prudemment.

— Avec plaisir !

— C'est au numéro dix avec un portillon vert-clair.

— À demain !

En quelques minutes, le ciel s'est considérablement obscurci. Une ligne noire se dessine à l'horizon devenu menaçant. La petite silhouette s'éloigne puis disparait au sommet de l'escalier. Le rivage se pare de nuances saturées bleutées, grises et violettes tandis que les premières gouttes baignent mon visage et mes cheveux. J'ai toujours aimé la douceur de la pluie, sa caresse qui ôte à l'esprit ses doutes et interrogations, les parfums de terre, d'herbe et de mousse qu'elle révèle subtilement. Cette odeur aquatique, de recommencement, me tranquillise, me procure un apaisement instantané, comme bercée par le liquide amniotique. J'exulte, retire mes baskets et esquisse quelques pas de danse sur le sable mouillé.

Un claquement sec, tonitruant, retentit, suivi d'un éclair qui déchire au loin le bleu de Prusse du ciel, devant la ligne tracée à l'encre de Chine de l'horizon noirci. Des grondements violents, cymbales célestes, affolent mon cœur. Sous l'orage, je cours vers l'escalier que je remonte quatre à quatre, comme une gamine essoufflée. Un déluge s'abat sur la ville. Les marches glissent, je manque de m'étaler sous les trombes d'eau, me rattrape de justesse sans plus rien voir. Arrivée au portail, ruisselante, je jubile. Heureuse. Hilare. Les cheveux plaqués, dégoulinants, je virevolte dans l'entrée. Une folle conviée au bal.

À l'étage, je cherche de quoi me sécher dans une armoire sculptée de bois sombre. Draps blancs, nappes brodées en lin, serviettes de table, tout ce linge de maison monogrammé, parfaitement aligné, dégage une odeur de cire et de lavande. Je trouve enfin mon bonheur, enturbanne mes cheveux et ne résiste pas à l'envie d'ouvrir les petits tiroirs dissimulés derrière chaque porte, à mi-hauteur. La serrure n'est pas verrouillée mais le bois massif résiste et je peine à le faire coulisser. Patiemment, de centimètre en centimètre, le contenu apparait. Un parfum de violette s'en échappe. Peignes à cheveux en écaille, binocle, paire de jumelles ciselées, face à main, loupe, dessins d'enfant, carnets, stylos, cartes de vœux, briquet gravé, recueil de Baudelaire aux fins feuillets. Tout ce fatras dissimule une petite enveloppe jaunâtre oblitérée en 1943…

Chapitre 23

Lettre de Paris

Paris, le 29 septembre 1943

Ma très chère Marylène

J'espère tant que toi et mon frère allez bien. Tu n'imagines pas le nombre de questions qui se bousculent dans ma tête. Sache avant toute chose que les enfants vont bien. Je ne sais pas si mon courrier te parviendra à temps pour t'avertir de la situation et peut-être avez-vous quitté la villa de Trouville pour vous réfugier au château ?

Je suis sous le coup de l'émotion et peine à rassembler mes mots. Comme tu le sais nous étions partis Albert et moi retrouver à Aix ma belle-sœur qui allait accoucher en ce mois de juillet. Le soleil et la proximité de la mer nous ont profité à tous quoique la promiscuité à laquelle nous sommes si peu habitués finissait par me peser.

A notre retour Boulevard Voltaire, quel n'a pas été mon étonnement de constater sitôt la cour franchie que certains appartements étaient occupés par des inconnus ! En notre absence, une grande rafle a eu lieu en juillet dans le quartier. Des voisins, des amis, des connaissances ont disparu.

Manifestement surprise de me voir, embarrassée et renfrognée, la concierge ne m'a pas saluée comme elle le faisait toujours. Elle n'a même pas daigné répondre à mon bonjour et m'a ostensiblement tourné le dos. En montant les escaliers, un étrange pressentiment s'est emparé de moi, me préparant au pire. Un étau de marche en marche. Comme à leur habitude, les enfants couraient devant mais leurs cris ont confirmé mes pires craintes. La porte entrebâillée ne fermait plus.

Du palier, nous pouvions déjà constater que tout avait été volé. Notre appartement a été méthodiquement vidé. Pillé. Rends-toi compte : le mobilier au complet, la bibliothèque, les bahuts, les consoles et commodes, les objets d'une vie, nos vêtements, nos papiers et nos photos, les voilages et draps, la vaisselle de porcelaine, les lustres, le manteau de cheminée, la batterie de cuisine... Jusqu'aux poignées de portes, prises de courant et ampoules ont été démontées ! Peux-tu l'imaginer ?

Léon et Clara, inconsolables, n'ont plus ni piano, ni violon, ni partitions, ni jouets, ni même leurs cahiers d'écoliers ! J'ignore ce que nous allons devenir. Nous nous sommes provisoirement réfugiés de l'autre côté de la Seine, chez une amie, mais cette situation ne peut durer tant son époux se montre détestable et condescendant à *notre égard. Notre présence l'importune au plus haut point ; il ne cesse de nous le faire savoir. Indésirables.*

Bien m'en a pris, avant notre départ de suivre vos conseils de prudence et de mettre à l'abri les quelques tableaux de bon papa au bon air, où tu sais. Eux aussi se seraient volatilisés. Or c'est absolument tout ce qu'il nous reste. L'intermédiaire envoyé par le marchand d'art a fait très bonne impression à Albert ; il lui a paru être un homme de confiance. Puisse cela se vérifier !

Ce qui me manquera cruellement ce sont les portraits chers à mon cœur, ainsi que toutes les photographies des grands moments que ma mémoire ne pourra éternellement restituer.

Et au-delà de ce que les mots peuvent exprimer, la candeur et l'innocence de mes petits, perdues à jamais... Je suis terriblement inquiète pour eux. Quel avenir s'offre à eux ?

Prends bien soin de toi et de mon frère bien aimé. Je vous embrasse et espère de tout cœur vous revoir en des jours plus cléments.

Affectueuses pensées, Liliane

Cette lettre me sidère. Une onde de choc me traverse, imaginant le séisme qui secoua cette famille soulagée de regagner son domicile, et bouleversée par ce qu'elle y découvre. L'effroi. L'incrédulité. Les pleurs. L'incompréhension. La colère. La peur. Liliane et sœur Cécile ne font donc qu'une. Mais que sont devenus ses enfants ? Je prends subitement conscience du cataclysme ravageur, méthodique, n'épargnant dans son intimité aucun homme, aucune femme, aucun enfant persécuté, réduits à des fétus de paille ballotés par les chaos de l'histoire, errant dans une nuit sans fin.

Pour les survivants, murés dans le silence, se remet-on jamais vraiment des pertes subies ? Quels fantômes poursuivent leurs descendants ? Quels cauchemars hantent leurs nuits ? Quelles traces transmises tapies dans les circonvolutions de leurs cerveaux ?

Fleuves de sang,

Charrient hommes, femmes et enfants.

Torrents de larmes,

Dévastent les montagnes de mon âme.

Alors que s'installe le crépuscule, s'élève dans l'air pur de cette fin de journée le chant mélodieux d'une alouette, écho aux vers d'Emily Dickinson.

« L'espoir est cette chose avec des plumes qui est perchée dans l'âme et chante une mélodie sans paroles qui ne s'arrête jamais et qui est le plus doux dans la tempête. »

Chapitre 24

Château d'Aligny

Les lianes d'un pied ancien de rosier grimpant s'accrochent à mes vieilles pierres sur la façade arrière. L'hiver, c'est surtout l'enchevêtrement tortueux de longues tiges pleines d'épines que l'on remarque. Leurs pointes acérées s'enfoncent dans les aspérités de mes briques.

Chaque printemps, apparait un éblouissant nuage composé d'une multitude de roses blanches qui embaument la terrasse. C'est un enchantement.

Chaque année, douze pétales rouges se mêlent aux pétales blancs.

Mon histoire commence en plein dix-neuvième siècle avec un riche industriel de Lyon qui prospère dans la soierie. Amoureux fou de sa femme Mathilde, il lui fait construire, dans la région de ses ancêtres, un petit château de conte de fée, identique à celui qu'elle se plait souvent à dessiner. Quatre tours rondes autour d'une base carrée.

Les travaux durent onze ans et s'achèvent en 1875. Le parc est planté de variétés indigènes et exotiques. Sur l'étang aménagé vivent deux couples de cygnes. La rivière serpente tout au fond tandis qu'une gloriette promet d'heureuses heures de détente.

D'été en été, monsieur et madame de Lacour et leurs cinq filles se retrouvent sous la fraîcheur des eucalyptus. Les sœurs et cousins sont invités ; les enfants se coursent et capturent dans leurs filets les papillons du parc. Sous les grands saules s'étalent les corolles des nappes blanches de lin, où se tiennent les fréquents pique-niques.

Paniers d'osier bien garnis et vaisselle de porcelaine sont déposés par une brigade de domestiques.

Le soir, la jeunesse présente des saynètes théâtralisées qui émeuvent ou font rire la joyeuse assemblée. La mode est aux tableaux de scènes mythologiques jouées avec emphase, en copiant de grandes actrices parisiennes.

La chambre noire vient d'être inventée et monsieur Lamotte se passionne pour cette nouvelle machine qui fixe les siens pour l'éternité, avec d'interminables séances de pose. Il tente même de photographier le bestiaire du château qui ne l'entend pas de cette oreille. L'immobilité ne sied ni à son cheval favori, ni à ses chiens, davantage aux couples de cygnes. Maître des lieux, le chat se dorant sur les marches du perron a réussi la prouesse d'une immobilité absolue.

Alors qu'elle ne s'y attendait plus, madame Lacour attend un nouvel enfant pour l'hiver. Je le verrai gambader, tomber, se relever le cher ange. Un robuste garçon, Rodolphe, est né le 25 décembre 1876. Un enfant aux boucles blondes comme les blés, braillard. La présence de ce petit cabri enchante toute la maisonnée. Ses sœurs ne cessent de le câliner, les domestiques l'adorent, il passe de bras en bras.

Les parties de cache-cache se succèdent, improvisées les soirs d'été où petits et grands s'épuisent à fouler l'herbe haute à la recherche des plus ingénieux. La maisonnée, après avoir couru en tous sens, se couche fourbue de fatigue, heureuse.

Un soir de juin 1881 la partie de jeu s'éternise. Les adultes qui prennent une citronnade s'inquiètent quelque peu, puis se rassurent.

La jeunesse. Enfin cousines et cousins, les joues en feu, reviennent et les alertent.

Hors d'haleine, ils parlent tous, mais nul ne comprend. C'est une cacophonie. Puis je n'entends plus que ce prénom, le reste ne compte plus.

Aussitôt, je voudrais m'élancer, courir moi aussi jusqu'aux berges, passer au peigne fin le parc et les bois des alentours. Déjà, la nuit déploie ses ailes ténébreuses. J'aimerais m'envoler, arracher à la glaise mes fondations, scruter le sol depuis le ciel, comme un aigle qui traque sa proie, survolant la forêt qui s'étend au-delà du domaine. Chaque seconde compte, et bientôt il sera trop tard.

L'obscurité est totale. C'est une nuit d'encre, sans lune. Des cris, des appels, des hurlements. Madame Lacour s'est évanouie. Léonie, sa bru, reste seule à ses côtés. La police est dépêchée et les recherches se poursuivent aux flambeaux. Elles durent toute la nuit. L'aube blanchit l'horizon quand j'aperçois les miens revenir les épaules basses, vaincus.

Des plongeurs ont dragué la rivière. Les villageois ont participé à des battues en nombre. Pas un mètre carré qui ne soit foulé par le pied d'un homme. Rien. L'hypothèse d'un rapt d'enfant a fini par être émise, redonnant l'espoir d'une rançon en échange de l'enfant sain et sauf. Hors, nulle missive au courrier. Aucune menace.

L'absence. Le silence.

Monsieur et madame sont rentrés à Lyon dans leur villa en bordure du parc de la Tête d'or. Ici le domaine s'est éteint. Je somnolais. Puis ma mise en vente fut décidée.

En 1910, un couple d'aristocrates polonais fit mon acquisition, rénova les communs et se lança dans l'élevage de purs sangs. Les affaires florissaient, puis éclata la Première Guerre mondiale qui fit s'envoler tous leurs rêves. Très vite, je me suis attachée à cette nouvelle famille exubérante, aux accents qui cognaient mes murs. Au sortir du conflit, la grippe espagnole emporta la jeune épousée et l'aîné des enfants. Le père survécut et partit retrouver, anéanti, ce qui lui restait de famille en Pologne, emportant le petit dernier.

Je m'endormis plus de vingt ans, réveillée brutalement en pleine nuit par le tumulte incroyable d'une bétaillère pétaradant. Un groupe de cinq hommes avait osé forcer mes serrures et remplissait mes caves voutées de victuailles, de caisses, de sacs de jute. Immédiatement, je me tins sur la défensive, flairant un malhonnête marché. Ils revinrent et continuèrent leur infâme trafic abritant impunément leurs nouveaux larcins en mon sein.

Quelques jours plus tard, d'autres hommes, vêtus de longues redingotes de cuir noir, investirent les lieux. Un drapeau rouge sang et noir fut hissé sur ma façade. Une langue ensanglantée flottant au vent. Leur dialecte martial agresse encore mes tympans. Ils procédèrent à un grand remue-ménage. On déplaça des meubles, condamna des portes, mura des fenêtres à l'aide de panneaux de bois cloutés.

Je compris ce qui se tramait, impuissante,

Le cœur des hommes qui niaient, m'ensanglante.

Ici eurent lieu des chaînes d'interrogatoires abominables. Je ne peux vous raconter ce à quoi je dus assister de pièce en pièce. Mes caves ne recueillirent plus que soupirs d'hommes et de femmes brisés. J'admire le courage et la détermination de certains à tenir leurs lèvres scellées sous les coups, et la torture. J'aurais parlé la première !

Arrêtés pour ce qu'ils font,

Déportés pour ce qu'ils sont.

Après les râles, les cris, les gémissements, ils se turent épuisés, à demi-conscients ou mourants. Un à un, je ne peux guère les oublier.

Des regards de bêtes que l'on mène à l'abattoir. J'aurais aimé les soigner, les panser, les consoler, leur promettre de remettre à leur mère la dernière lettre du condamné. Ils n'y avaient pas droit. J'ignore encore où reposent les cœurs purs, emportés à demi-morts à l'arrière d'un camion. Jusqu'à présent les recherches menées par les associations des familles de descendants sont restées vaines.

Quelque part, sous les verts vallons d'une nature somptueuse ?

Un matin de juin 1944, cachés dans les fourrés, deux gamins, l'un du coin engagé contre l'occupant, l'autre de passage, ont tendu un piège au side-car sur un embranchement proche. L'embardée a été fatale, le véhicule s'est violemment encastré dans le tronc d'un chêne. Son chauffeur n'a pas survécu. Acte terroriste décréta la Kommandantur.

L'après-midi même, je vis descendre onze hommes, une femme, deux mômes, d'une remorque.

Râles, supplices et gémissements.

Sur la place du village, dans le café, sortant de la boulangerie, devant la maison de ses parents, aux champs, quittant la classe, ils furent cueillis.

Mains sur la nuque, à genoux face à moi devant le parterre de roses blanches, j'entends leurs dernières prières. Je les absorbe. Le plus âgé a cinquante-neuf ans, les plus jeunes ne souffleront pas leurs quinze printemps.

« Petite maman, pardonne-moi de te causer tant de soucis. Tu as eu bien des chagrins et demain, je ne serai plus là pour t'aider. »

Je tressaille. Un coup est parti. Un premier corps s'effondre. L'autre môme renifle. Il tremble. Puis un second coup, un troisième et un quatrième retentissent. Il se redresse. Je hurle.

« Maman, protège ma sœur des … »

Le coup est parti. Il git.

Sept autres coups résonnent. Une mère, des pères, des frères, des fils, des têtes câlinées qui basculent, des corps caressés qui s'écroulent. Deux copains.

Je pleure les otages d'aujourd'hui, de demain, ailleurs…

Longtemps leur sang a laissé la marque de ses éclaboussures sur mes vieilles briques lézardées. Longtemps, pluies, tempêtes, grêle et neige n'ont pu effacer les taches sombres, constellations de méduses pourpres.

Aujourd'hui, par une belle journée de mai, douze pétales ensanglantés maculent autant de roses, comme piquées pour l'éternité.

Chapitre 25

Trouville

Face à moi se tient une coquette villa rose aux volets verts ; le portillon est déjà ouvert. J'emprunte l'étroite allée bordée de pensées et giroflées, guidée par un papillon blanc. Maud se tient sur le seuil, maîtresse des lieux, plus grande que je ne me la figurais.

Elle m'accueille les bras ouverts et m'invite à entrer dans le vestibule aux carreaux anciens à motifs géométriques. L'odeur réconfortante de pâtisseries tout juste sorties du four me chatouille les narines.

— Soyez la bienvenue Eloïse ! Je vous attendais en regardant pousser les fleurs.

— C'est très gentil à vous de m'accueillir, dis-je en lui offrant un bouquet de roses blanches cueillies tôt ce matin.

— Merci à vous. Suivez-moi. Depuis notre rencontre, j'ai réfléchi aux informations que vous m'avez confiées…

— J'espère ne pas réveiller de trop mauvais souvenirs.

— Oh, à mon âge si vous saviez ! J'ai vécu la guerre, j'ai fait mai 68 et je me suis battue pour l'avortement. Dans la vie, il y a des silences qui nous ouvrent au monde, et d'autres qui nous en protègent. Question d'époque !

J'observe sa belle peau parcheminée, son chignon soigné, le chemisier fleuri accordé à sa joie de vivre manifeste, aux couleurs d'un intérieur douillet, dans lequel flotte un léger parfum de jasmin.

— Je ne voudrais surtout pas me montrer maladroite ou indiscrète, lui dis-je légèrement embarrassée. Le passé peut être douloureux, plein d'épines…

— Ne vous inquiétez pas de cela mon petit. Je pense qu'il peut s'avérer bénéfique de se retourner parfois, de se sonder, se pencher sur soi, sur ce que l'on a voulu, souhaité, désiré, accompli ou pas, ce que l'on a aimé ou pas.

Nous traversons la pièce principale et prenons place au centre d'une véranda, meublée de confortables fauteuils de rotin aux coussins de chintz jade.

— Prenez-place, m'indique-t-elle en désignant un siège. Comment allez-vous ?

— Hé bien on peut dire que je suis en plein exercice d'introspection, lui dis-je en m'asseyant.

— Ne trouvez-vous pas que tout le monde court, mène des vies submergées d'activités peu propices à cet examen ? m'interroge-t-elle en me servant un verre de thé glacé à la pêche.

— Oui, une mobilité poussée à l'excès…

— Ne serait-ce pas une forme de fuite en avant, évitant de se poser trop de questions ?

— Il est vrai que d'injonctions sociales en occupations multiples, comment ne pas être un simple passager aveugle à soi-même ?

— J'ai découvert assez tardivement que le doute permet de se rencontrer, de progresser plus sûrement que les certitudes et les illusions salvatrices qu'offre le monde extérieur, me confie-t-elle en me tendant une assiette de madeleines sortant du four. Comment puis-je vous aider Eloïse ?

— Je me sens assaillie de décisions à prendre seule…

— Laissez venir à vous Eloïse…Acceptez de ne pas tout maîtriser. Acceptez vos imperfections, celles des autres…Naviguez à vue ! Saviez-vous que les Japonais considèrent que maints problèmes se résolvent finalement d'eux-mêmes ?

Je lui explique les raisons de ma venue à Trouville, la place centrale qu'occupaient mes grands-parents depuis le décès de mes parents, le vide laissé, la sensation de froid, d'isolement même entourée, les questions en suspens telles des bulles capturées dans l'air. Filtres permanents opacifiant ma perception du monde passé et présent. A l'image d'une illusion d'optique créée par la chaleur, la compréhension des miens biaisée.

Sur l'asphalte de mon cœur,

Des questions demeurent…

Le clocher sonne 18 heures. Mes pensées divaguent lorsque mon hôtesse se penche par-dessus la table basse et m'attrape vivement les mains. Elle les enserre, plonge son regard myosotis dans le mien, et murmure :

Sur le long chemin de la vie,

L'apaisement est un jardin.

Véritable trésor enfoui,

Secret à cultiver demain.

Sa parole me bouleverse, ma vue se brouille. Elle se penche puis me caresse doucement les paumes.

— C'est votre quête du Graal ma petite ! Vivez ! Aimez ! Créez ! Vous êtes toute jeune. Rabelais disait « Vivez joyeux ! ».

— Pas si simple. Y parviendrai-je ?

— Combien de femmes ou d'hommes finissent amers, jaloux, méchants, aigris de leurs propres petitesses et déceptions, de n'avoir su saisir l'instant par aveuglement, de n'avoir ni osé, ni même essayé, par manque de courage, de ténacité, quand ils ne manquent tout simplement de compétences ?

À ces mots, je réalise que nous sommes entourées d'innombrables tableaux de toutes dimensions, accrochés, posés à même le sol, ou encore placés sur des chevalets. Rivages, bouquets, paysages, portraits, natures mortes nous encerclent comme autant de fenêtres sur le monde.

— Est-ce vous l'artiste peintre ?

— Je le suis. Une peintre du dimanche comme on dit ! C'est un passe-temps qui m'a procuré de grandes satisfactions. Ma sœur jumelle m'a initiée. Avant de nous quitter, elle a transmis sa passion à sa petite-fille Marianne. Celle-ci, devenue restauratrice, travaille dans un laboratoire des musées de France.

Je contemple avec attention l'immense bouquet de pivoines qui me fait face, le velours restitué des délicats pétales nacrés, la palette de nuances roses déclinées du plus soutenu au plus évanescent, les pistils et leur offrande de pollen, les éclats de lumière jouant avec les ombres. Je suis bluffée, impressionnée et cela me laisse pantoise.

— Celui-ci est son préféré ! Il vous plaît ? Les fleurs m'ont toujours beaucoup inspirée même si j'ai traité tous les thèmes, enfants, animaux, paysages, végétaux…

— Mais, vous auriez pu exposer dans les galeries parisiennes !

— Peut-être, mais ça ne comptait absolument pas. Seuls l'envie, la liberté et l'enthousiasme d'un nouveau projet me motivaient. Mon époux faisait, lui, de la peinture sur verre son métier.

— L'aidiez-vous ?

— Eh bien, il m'est arrivé maintes fois de préparer le dessin du carton à sa place ou de le reprendre, du style gothique au néoclassique pour les églises, du figuratif, de l'ornemental pour des clients particuliers. En revanche, Paul réalisait toujours le calibrage, le débitage, la coupe du verre puis le sertissage selon la technique traditionnelle du vitrail au plomb…

— Mais pourquoi ce métal ?

— Le plomb est malléable ce qui permet de sertir les pièces de verre entre elle. Mais pour revenir à votre question intéressante sur ma participation, je ne pense pas me tromper en affirmant que la plupart des femmes d'artistes, qu'ils soient peintres, compositeurs ou sculpteurs ont contribué à leur grande œuvre en toute discrétion. Des assistantes de l'ombre, transparentes. Un fantôme qui traverse l'atelier, le nettoie, saisis un pinceau, une partition…

— Aviez-vous une préférence ?

— Oui le montage en technique de vitrail Tiffany, vous connaissez certainement ?

— C'est sublime ! Mais peindre ne vous manque-t-il pas ?

— Ah ! Je dirais que la nostalgie n'est pas ma compagne ; elle m'est étrangère. J'y vois une forme d'auto apitoiement qui confine à l'amertume, empêche de voir ce qui existe, une faiblesse qui lie les mains, et excuse le renoncement. Elle me toise du regard avec intensité. Pardonnez-moi si mes propos vous heurtent, ajoute-t-elle.

— Chérir le passé sans se détourner du présent ? je propose timidement.

— Quelque chose comme cela. La vie est une perpétuelle attente et la confrontation avec soi-même crée une forme de pression permanente…

— Qui génère une tension intime avec des défis à relever à tout instant.

Nous méditons un bref moment en silence chacune de notre côté sur les sauts d'obstacles réalisés, ou devant soi. Faire face.

Je me souviens à l'instant avoir apporté quelques clichés dans mon sac et me décide à les lui montrer. Elle prend le temps de les observer un à un.

— Cela m'évoque une sombre période. Vous ai-je déjà dit que lors de l'Occupation, je suis partie en Provence avec ma fille et mon fils ? D'un signe de tête j'acquiesce.

— J'ai rejoint la famille de mon époux à Carpentras. Lui est resté pour continuer à s'occuper de son atelier transformé en vitrerie. A la fin de la guerre, nous avons eu la chance de nous retrouver tous les quatre, mais ce ne fut pas le cas de toutes les familles…

— Effectivement, ma grand-tante a perdu tous les siens. Les photographies des tableaux ont peut-être une histoire à me raconter. Pensez-vous que votre petite- nièce pourrait m'éclairer sur la marche à suivre ?

— Bien sûr, laissez-moi votre téléphone, je vais le lui transmettre. Elle vous expliquera les fabuleuses avancées scientifiques qui font parler les œuvres. La peinture, c'est toute sa vie, sa spécialité et sa passion.

— Dans une lettre, cette parente se désole de l'état de son appartement parisien vidé lors du retour de sa famille. Elle loue les conseils de prudence de son frère, mon grand-père, pour lui avoir conseillé, je la cite : « de faire prendre le bon air à ses tableaux ». Quel pourrait être le sens de cette phrase ?

— C'est assez énigmatique… Marianne saura peut-être échafauder des hypothèses. C'était l'un de ses sujets de recherche au cours de sa formation. Connaissez-vous l'adresse parisienne en question ?

— Elle est mentionnée dans les papiers de la villa, lui dis-je en prenant congé.

— De mon côté, j'informe Marianne sans tarder. A plusieurs on est plus forts ! Voyez-vous, lorsque j'ai fui la région envahie en 1940, j'ai eu la chance de faire de belles rencontres. Il est heureux que le hasard ait mis sur mon chemin des personnes soucieuses de leur prochain, compréhensives...

J'acquiesce d'un hochement de tête. Maud poursuit :

— Cela a certainement changé la destinée de ma famille. Il eut suffi de peu de choses, d'une jalousie, d'une seule mauvaise rencontre, pour basculer vers le tragique. Un petit caillou qui grippe la machine. Le vélo qui déraille au moment précis où il ne le faut pas. Tous suspectés de trahison sous le joug nazi ! Quatre longues années tout de même, pleines d'interdits sous un régime totalitaire…

Le jour décline. Je la remercie pour son chaleureux accueil et l'aide précieuse qu'elle me propose. Je suis impatiente de faire la connaissance de sa nièce.

— La prochaine fois, c'est moi qui vous invite !

Je récupère mon chandail posé sur une chaise et griffonne mon numéro sur le carnet qu'elle me tend. Elle me raccompagne au portillon, encadré par deux poteries de Bavent.

Un merle, perché sur une cheminée voisine, accompagne mes pas en sifflant merveilleusement. La douceur de l'air aux saveurs iodée m'enveloppe de bien-être, et disperse tout doute. Revigorée je regagne d'un pas léger la villa, déterminée comme jamais.

Chapitre 26

Le château

Niché dans la campagne bretonne verdoyante, en bordure de forêt, une longue allée de graviers blancs serpente jusqu'à la belle demeure carrée. Une première tour ronde se laisse deviner à travers les branches des frênes avant de m'apparaitre dans sa totalité. Immédiatement, je suis saisie par la beauté de cette demeure. Un château de conte de fée.

L'élégance de cet écrin de briques aux dimensions ramassées, parcouru de roses blanches, rend le lieu enchanteur, empli de quiétude. J'ai l'étrange impression de traverser le temps, m'attendant presque à voir surgir sur les parterres de pelouse, les ribambelles d'enfants des clichés en noir et blanc.

Franchi le seuil, il règne une atmosphère feutrée qui s'accorde peu avec l'agitation et le brouhaha des retrouvailles familiales estivales d'antan. La réceptionniste enregistre mon arrivée et m'invite à la suivre, à travers le hall au mobilier de style empire, jusqu'à un étroit ascenseur. J'imagine la difficulté à réaliser un tel aménagement dans une structure qui ne s'y prêtait pas. J'apprends alors que seules huit chambres ont été créées dans le bâtiment principal, et douze autres dans les dépendances aux prestations luxueuses.

Arrivées au premier, elle m'invite à entrer dans une superbe chambre où se mêlent les styles pop et classique ; de hautes fenêtres habillées de brocart de soie jaune chatoyant donnent sur le parc. La vaste salle de bain noire et blanche, avec baignoire balnéo et douche, se situe dans l'une des tours. Sous l'épaisse moquette carmin, je devine la présence d'un parquet ancien qui grince devant la porte.

Au mur, un paysage bucolique, le portrait d'un autre siècle d'une dame en crinoline violette à l'allure compassée, fait face à une femme moderne de Roy Lichtenstein qui semble lui tenir tête. Deux manières d'habiter le monde. Deux visions…

Je prépare mes affaires pour aller faire quelques longueurs dans la piscine aménagée sous une verrière bordée d'orangers. Seule nageuse, mon déplacement jusqu'à ce château m'apparait soudainement vain. Assaillie de doutes, je me sens prête à renoncer. Que puis-je espérer trouver comme trace du passé dans un lieu entièrement réaménagé, transformé en hôtel haut de gamme ?

De retour dans le hall, je me dirige vers la réception. Une autre femme m'y accueille, très jeune me semble-t-il. Elle repose un livre consacré à l'art de Durer.

— Savez-vous où je pourrais me documenter sur l'histoire de ce château ?

— Bien sûr madame, il arrive que nos clients souhaitent en savoir davantage sur cette demeure historique. Voici qui peut éventuellement vous intéresser.

Elle me tend alors un épais livret relié de cuir bleu foncé.

— Toutes les grandes dates, l'histoire et l'évolution du château figurent dans ces pages avec les noms des propriétaires successifs, précise-t-elle.

— En connaissez-vous ?

— Oui mais uniquement le propriétaire actuel, Mr Smith, un Anglais. Il vient quelques fois dans l'année s'assurer de la bonne gestion de son entreprise.

— Vous êtes ici depuis peu de temps je suppose ?

— Effectivement, en parallèle de mes études en valorisation du patrimoine, je fais la saison, m'explique-t-elle.

— Cela semble passionnant. Bonne soirée mademoiselle !

Allongée sur le lit, le dos calé par de gros oreillers, je parcours les quelques pages illustrées de gravures du dix-neuvième siècle puis de photographies anciennes.

La période peu glamour qui m'intéresse ressemble à une ellipse. Pas de mari fou amoureux de sa femme lui offrant une bagatelle, une folie, un château.

J'aimerais tant que les murs me parlent, me racontent les drames et les joies qui animèrent leurs entrailles, témoins muets du passé. Mes yeux ne voient en tout point que la palette d'un peintre à l'humeur enchantée, un cadre de rêve, l'œuvre d'une équipe de paysagistes répondant à un cahier des charges précis. Le chant des oiseaux, une bande son étudiée avec soin pour le bien être des clients. Ce sifflement strident vous importune chère madame ? La direction de l'hôtel va faire immédiatement le nécessaire. Notre équipe, à votre service, vous est entièrement dévouée. Veuillez nous excuser pour cette gêne. Permettez-nous de vous offrir un cocktail pour les désagréments subis. Peut-être est-ce le fruit de mon imagination qui m'emmène trop loin ?

Curieuse, je quitte ma chambre. Ma déambulation me conduit au fond du parc où, dans un silence que seul le son d'un râteau perturbe, une équipe de jardiniers s'active. Quiétude des lieux.

— Bonjour messieurs, excusez-moi de vous interrompre ainsi. L'un de vous connaitrait-il l'histoire de ce château ?

— Pour ça madame, il faudrait questionner Léon, lui répond le plus âgé des deux jeunes gaillards. Il m'indique la direction à suivre.

Je poursuis ma balade le nez au vent, appréciant l'éclat vif des agapanthes, les taches rouges des buissons de sauge en fleurs, les rhododendrons et azalées empourprés. En contre-bas, j'aperçois, la tête dans un buisson, un homme accroupi, armé d'un sécateur.

— Bonjour monsieur !

— Bonjour madame. L'homme trapu se redresse. Son visage est buriné par le soleil et les éléments. Il m'arrive à l'épaule.

— Vos collègues m'ont dit que vous pourriez me renseigner sur l'histoire de ce château mais je vous dérange certainement.

— Pour sûr ! Ces gamins n'allaient pas vous renseigner. Que voulez-vous savoir madame ?

— La période qui m'intéresse est probablement la plus mouvementée. Rien n'est consigné dans le livret destiné aux touristes du château. Les années 1940…

— Pouah ! Venir ici pour des chambres de princesse et vouloir écouter toutes les horreurs de la guerre !

Il ébauche une grimace.

— …Enfin si vous insistez, annonce-t-il sur un ton plus conciliant en laissant retomber ses bras.

— Justement, je me permets d'insister parce que l'histoire de ma famille est liée à ce qu'il s'est passé ici. Je suis trop jeune, et j'ignore tout de ce que l'on m'a caché. Mes grands-parents ne peuvent plus rien me raconter.

A cet instant, le jardinier déconcerté me dévisage avec plus d'intérêt comme si mes propos le percutaient, touchaient à sa vie intime, écho d'un trop long silence. Qui racontera après lui ? Tant d'années qu'il n'a évoqué ce que ses parents ne lui ont jamais confié. Personne pour écouter. Pas envie de remuer le chaudron des malheurs. Le maelström de ces années noires.

— Bon, euh…allons nous installer sous le plus bel arbre du parc. Vous verrez c'est une splendeur. En ce monde, pour qui sait l'observer, il y a aussi de la beauté partout.

En silence, nous descendons une douce pente qui mène à un petit étang, couvert de fleurs de nénuphars jaunes, blanches et roses, que surplombe un gigantesque marronnier cerné d'iris violets. Il annonce triomphant :

— Le paradis c'est ici ! Voilà mon arbre préféré, au calme. Trop loin du château, les clients le boudent.

— Et quelle vue ! Epoustouflée, j'embrasse le paysage du regard, tâchant de fixer pour l'éternité le tableau qui s'offre à mes yeux. D'innombrables fleurs embaument joyeusement l'air aux senteurs de rose et de jasmin.

Nous restons quelques instants immobiles à apprécier le moment présent.

— Alors comme ça, vous souhaitez vraiment entendre ce qu'il s'est passé ici pendant la guerre ? me redemande-t-il la mine chiffonnée, les mains dans les poches.

— Effectivement, j'ai besoin de comprendre une histoire familiale avec des blancs.

J'espère lever un voile sur l'histoire d'une époque, d'un pays, charriée par des tourbillons de haine et de passion. Il m'invite à m'asseoir à ses côtés sur un petit banc de granit chauffé par le soleil. Les cristaux de quartz et paillettes de mica étincellent comme mille diamants.

— En ce temps-là, mes parents travaillaient au château. Mon père était jardinier et ma mère cuisinière dans cette maison de famille pleine de domestiques, comme on disait autrefois. Vous n'imaginez pas la vie foisonnante qui se déroulait ici. Dès l'aube, tous s'activaient dans toutes les directions.

Aussitôt, un flot d'images de films et séries me viennent à l'esprit, The Crown, Downton Abbey, Grand-Hôtel, Victoria…

— Imaginez une intendante, un maître d'hôtel, une gouvernante, une nourrice, des femmes de chambre, une bonne à tout faire, la cuisinière et son aide, quatre jardiniers, le palefrenier, le garde-chasse et j'en oublie… Des allées et venues en tous sens. J'ai grandi dans les jambes de tout ce personnel, souvent réfugié dans la pièce la plus chaude, la cuisine. J'ai appris le métier sur le tas, aux côtés de mon père, sans jamais trop me poser de questions. Des anecdotes j'en aurais long comme le bras à vous raconter avec légèreté… mais ce que je vais vous révéler me bouleverse encore aujourd'hui.

Il me sonde à nouveau du regard, cherchant à tester ma détermination, à déceler un signe de refus qui ne vient pas. Après un long silence, il se décide à poursuivre. Je n'ose l'interrompre de peur qu'il ne change d'avis.

— Bon, moi je n'ai rien vu de tout cela car je suis né bien après ces faits, annonce-t-il comme préambule.

Autour de nous, les fleurs de trèfles attirent bourdons et abeilles, imperturbables besogneuses capables de parcourir des milliers de kilomètres, de butiner des millions de fleurs pour produire quelques grammes de miel. En retenant mon souffle, j'attends la suite des révélations. Ce vieil homme détient une clé qui m'est précieuse, révélant une vérité parmi tous les scénarios que j'ai échafaudés.

— Un soir, tout gamin vers l'âge de sept ou huit ans je n'arrivais pas à m'endormir. Alors, j'ai fait ce que font tous les gamins du monde, sans que leurs parents ne le sachent. Je me suis installé sur la marche la plus haute de l'escalier de notre maisonnette située au fond du parc. De ma sentinelle, tout fier, je pouvais tout entendre sans être vu de la cuisine. Le plaisir de suivre les conversations des adultes… Quel gamin n'y a pas goûté ?

Il me fait sourire cet homme dont les traits enfantins resurgissent à l'évocation de l'enfant qu'il fut.

— Je l'ai bien regretté ensuite. Une série de cauchemars, des semaines et des semaines. Ce soir-là, un ami de mon père était de passage après une longue absence à l'étranger. Pour qui, pour quoi, la discussion a dérivé vers le drame qui eut lieu ici même, au pied du château, vingt ans plus tôt.

Un frisson me parcourt. Je décroise les bras, agrippe mes mains au banc pour y puiser la force de ne pas vaciller. Je suis prête.

— J'ai écouté le récit jusqu'au bout, et n'ai pu fermer l'œil de la nuit. Un massacre. Douze otages arrêtés en représailles, un jour de juin 44…

— Un à un exécutés, alignés à l'arrière du château, face au mur. Mon père a tout vu de loin, tout entendu. Je crois que cette scène l'a hanté toute sa vie. Parfois, son visage se fermait subitement, ses yeux se voilaient, me regardaient sans me voir. Il n'était plus avec moi, ni avec qui que ce soit de ce monde, mais avec eux, coincé entre deux époques dans un état de flottaison. Un roulis permanent. Ses états d'âme le ramenaient, ou l'éloignaient de sa famille. Une bien curieuse météo intérieure.

— Je porte le prénom du plus jeune. Léon avait à peine quinze ans... Comme un hommage que mes parents ont voulu rendre à ce môme. Le magnifique rosier blanc sur la façade arrière, c'est mon père qui l'a planté, à l'endroit exact de la tuerie. Il fallait voir comme il s'en occupait, feuille à feuille ! Il allait même jusqu'à lui parler ou leur parler…En fait, je n'ai jamais su s'il s'adressait à l'arbuste, ou aux victimes. C'est simple, le père serait tombé malade si ce rosier avait dépéri.

— Une sale période… Vous êtes bien pâle Mademoiselle ! Je vous aide à vous relever, me propose-t-il en m'offrant son bras.

Ma tête tourne légèrement, je prends une longue inspiration avant de le remercier pour cette confidence que je ne suis pas près d'oublier. Je savais pourtant dès mon arrivée que l'envers du décor me révélerait les chaos de l'histoire.

— Ah ça, je vous avais prévenue. Point de château de conte de fée !

Je ne trouve plus rien à dire ; les mots peinent à franchir mes lèvres. Sonnée, la gorge nouée, les yeux embués, je parcours le parc en titubant, dépasse les branches basses d'un saule sous lesquelles je me réfugie, pour y pleurer tout mon saoul. Au loin, j'aperçois le trio de chênes qui me guide vers le sentier bordé de touffes rouges et bleues, puis je contourne la bâtisse.

Aveuglée par un immense nuage blanc, je réalise, la vue brouillée, qu'il s'agit du rosier ancien évoqué, à l'arrière du château. Son parfum attirant se déploie avec entêtement en cette fin d'après-midi, tel un essaim d'insectes dansants. En suspension dans l'air, des milliers de capsules odorantes que j'emporterai, nichées éternellement dans les rais de ma mémoire olfactive, capturées dans les spirales d'une coquille de nacre. L'infiniment petit, logé quelque part dans les circonvolutions du cerveau. En le dépassant, ma main attirée effleure quelques pétales blancs au toucher de velours.

Aïe ! Cruellement plantée au bout de mon index, une épine fait jaillir une goutte de sang, maculant la fleur délicate qui me retient captive.

Je songe à Léon, ce gamin intrépide et courageux qui, au prix de sa vie, paya sa rébellion contre l'occupant. Et aujourd'hui, combien de mômes engagés ailleurs pour leur liberté, emprisonnés, malmenés par des régimes autoritaires ? Une fulgurance me transperce ; une vive lueur qui me parvient de la nuit éternelle de cet adolescent.

C'est décidé, mon enfant portera son nom.

Champ de seigle et de coquelicot,
Flèche d'or tachées de rouge, dressent leurs ergots,
Allongés sans armure, ni murmure, ni écho,
Un céleste drap bleu recouvre ses yeux clos.

Chapitre 27

Rencontre avec Marianne

De retour à Paris, j'ai rendez-vous avec Marianne, la petite-nièce de Maud. Elle m'attend à la terrasse d'un café situé rue des Petits Champs, non loin du laboratoire où elle travaille. Je la reconnais aisément à son air de famille, étole colorée, une ressemblance stupéfiante avec sa tante qui me la rend immédiatement sympathique. Exactement le même genre de femme, d'une autre génération. D'allure vive, pétillante, occupant l'espace avec grâce, ses doigts agiles s'envolent et m'invitent à la rejoindre. Un regard myosotis qui scrute et embrasse à la fois. Et surtout, un sourire…

Une connivence immédiate s'installe entre nous. Manifestement Maud lui a déjà brossé la situation.

— Bonjour Eloïse, je suis heureuse de faire votre connaissance, me dit-elle en me tendant la main.

— Bonjour Marianne, c'est une chance pour moi que de vous rencontrer ! Je vous remercie de m'accorder un peu de votre temps.

— Ma tante était tellement excitée lorsqu'elle m'a appelée, voilà quelques jours. « J'ai du travail pour toi ! » m'a-t-elle soufflé…

— Votre tante partage votre passion pour la peinture.

— Oui c'est plus qu'un héritage familial. Vous avez sans doute pu observer quelques-unes de ses toiles lors de votre visite ?

— J’ai eu le plaisir d’apprécier son art, si loin de l’amateurisme…A sa manière, elle a créé un univers, un style...

— Certes, on pourrait croire qu’elle est née avec des pinceaux à la place des doigts. Elle a bien tenté de me transmettre son savoir, dès l’enfance, mais je n’avais en toute objectivité ni son style, ni sa créativité, m’avoue-t-elle en replaçant une mèche de cheveux.

— En êtes-vous certaine ?

— Absolument ! Je préfère sans regrets me contenter de retoucher, corriger, réparer, sublimer…

— C’est un bel hommage aux peintres que de redonner vie à leurs œuvres abimées, ou peu présentables. Se lever le matin avec cette perspective…

— C’est vrai, ce n’est déjà pas si mal, et cette activité me procure tellement de satisfaction… parfois de grandes joies, voire des surprises !

S’approche de notre table un jeune serveur aux cheveux attachés en catogan.

— Bonjour Mesdames qu’est-ce qui vous ferait plaisir ?

— Un perrier menthe pour moi…

— Et un expresso, s’il vous plaît, lui commande Marianne.

— N’est-il pas intimidant de travailler sur un chef-d’œuvre ?

— Eh bien…on s’y habitue très vite. Au point d’oublier que durant plusieurs semaines, parfois quelques mois, vous êtes chaque jour en compagnie de Léonard de Vinci, de Raphaël ou du Caravage. La restauration se nourrit de patience.

— Voilà une qualité dont je suis dépourvue… Je suppose que vous procédez par étape ?

— Qui n'a pas de défauts ? Effectivement, plusieurs séances de nettoyage sont nécessaires pour retirer à l'aide d'un coton tige les différentes couches de verni, les repeints, les rajouts de cinq cents ans parfois. Cela prend du temps. Ensuite, apparaissent de nombreuses lacunes, des blancs…

— C'est hors du commun cette proximité quotidienne…une forme d'intimité partagée avec un maître.

— Incontestablement ! Penchée des centaines d'heures sur l'œuvre, sa restauration engendre une forme de communion, comme un souffle partagé. Un privilège indéniable. D'autant plus qu'avec les nouvelles technologies il est possible de la faire parler, pour retrouver les techniques jadis employées.

— Pourriez-vous m'expliquer cela ?

Mon interlocutrice se cale contre le dossier de sa chaise avant d'entrer dans le vif du sujet. Ses mains virevoltent tels des papillons allant et venant en tous sens.

— Tout d'abord, vous devez savoir que je ne travaille pas seule. Mes collègues sont chimistes, ingénieurs, restaurateurs, historiens de l'art, laborantins, radiologues…

— Je n'aurais jamais imaginé tant de spécialités dans un laboratoire dédié à l'art ! C'est étonnant !

— La technique de la photographie par caméra infrarouge permet de visualiser le dessin préparatoire d'une œuvre. Celle de la radiographie permet de voir par exemple la trame d'un textile alors que le tableau est peint sur une planche de noyer.

— Et s'il y a plusieurs dessins préparatoires ?

— Alors apparaissent tous les repentirs, les contours modifiés, les corrections.

— Ma foi, vous entrez dans la tête du peintre !

— C'est un peu ça avec l'inventaire des éléments du dessin préparatoire retirés du tableau. Sur l'une de mes restaurations, Léonard de Vinci a abandonné de nombreux éléments disparus, qu'il n'a pas intégré à la composition finale : un panier, un âne…

— Vous disposez d'un fabuleux pouvoir. Côtoyer le grand Léonard, percer ses mystères, ses hésitations, les divulguer sans son consentement alors qu'il les a si jalousement gardés…

Marianne hoche la tête et sourit de ma remarque, amusée.

— D'autres découvertes sont-elles encore possibles ?

— Bien sûr ! Les dégradés, la profondeur de champ sont également révélés. Par ailleurs, la technique du microscope dévoile les différentes tonalités. Léonard, pour ne citer que lui, pouvait associer trois techniques : poncif, fusain, et lavis, proche de l'aquarelle.

— En quelque sorte, des secrets de fabrication ?

— Très exactement. S'ajoute ensuite la technique de l'analyse chimique, effectuée à l'aide de micro-prélèvements. Le chimiste les traite avant d'analyser les pigments et la superposition des couches picturales.

— Ainsi les œuvres sont douées de paroles…

Je savoure mon eau pétillante pendant que Marianne prend quelques gorgées de café.

— Et ce n'est pas fini…

— Non ? lui dis-je surprise.

— Voyez-vous, en incorporant les pigments à de la résine on prépare aussi des sections stratigraphiques, qui permettent de discerner, couche par couche, ce que l'artiste a réparti sur l'œuvre.

— Cela m'évoque des recherches menées dans d'autres laboratoires. Je suis bluffée par la variété des approches, et par ce que l'évolution des techniques d'investigation permet de mettre à jour du processus créatif. Une géologue étudiant les strates d'une falaise miniature !

Mon enthousiasme l'encourage à poursuivre.

— Je reconnais avoir parfois l'impression de mettre à nu des artistes qui, toute leur vie, vous l'avez dit, ont dissimulé, à leurs rivaux, leurs secrets de fabrication. N'imaginez pas que la jalousie épargne le monde de l'art…

Dans un demi-rêve, elle me confie la technique de l'atelier du maître de la Renaissance.

— C'est à peine croyable ! A la manière d'une archéologue, vous remontez le temps. Que révéleront les futures technologies de nos propres vies ?

— Oh, j'oublie une dernière approche Eloïse. Et pas la moindre…

— Vraiment ?

— La technique de fluorescence. Celle-ci permet de voir des matériaux qui, sous une lumière normale, ont une couleur et un aspect différents. Au terme du protocole, toutes les analyses des spécialistes sont partagées.

— Si je comprends bien, la technique de l'artiste serait inscrite dans la matière ?

— Indiscutablement ! Mais si nous revenions à votre sujet de recherche Eloïse ?

— Eh bien, pour faire simple, j'ai trouvé une lettre évoquant des tableaux disparus pendant la Seconde guerre, dans un appartement parisien, ainsi que trois photographies de tableaux que je n'ai jamais vus dans ma famille.

— Nous voilà arrivées en eaux troubles, si je puis me permettre.

Elle se tait, les sourcils levés. Sa remarque m'intrigue, autant qu'elle sème une inquiétude dans les méandres de ma réflexion. Je l'interroge du regard.

— Tout d'abord, vous devez savoir qu'avant l'occupation, la spoliation était déjà bien organisée par l'ERR et ses départements nazis spécialisés, ayant pour dessein de nettoyer l'art de toutes les mauvaises influences, celle de l'art « dégénéré ».

— Une chasse à l'art intemporelle, ne puis-je m'empêcher de rétorquer.

Marianne accueille ma remarque avec une légère moue de désapprobation. Je lui précise alors que je pensais aux vols et razzias des premiers conflits de tribus rivales, aux butins de Napoléon…

— A la différence que celle-ci était organisée à l'extrême, et naquit dès les années 1930. Elle affecta tous les domaines, la peinture bien sûr, la sculpture, mais aussi les œuvres littéraires, ainsi que les instruments de musique…

— Que voulez-vous dire par « organisée à l'extrême » ?

— Méthodique, systématique, redoutablement efficace. Par exemple, non loin d'ici, les sous-sols situés sous l'actuel palais de Tokyo tenaient lieu de dépôts dans lesquels venaient se vider, par l'entrée rue de la Manutention, une ronde continue de camions de déménagement. Imaginez des wagons entiers remplis de milliers de caisses qui partaient ensuite vers l'Est.

— C'est difficile à imaginer pour qui connait le palais de nos jours, mais cela devait être considérable en effet.

— Eh bien à cet endroit plus de mille pianos à queue furent retrouvés à la Libération ! On estime qu'à Paris ce furent plus de quarante mille adresses juives qui furent spoliées après le départ anticipé, ou la déportation, de leurs habitants. A cela s'ajoute des contributions citoyennes à ces prises de butin. Je vous laisse deviner, me lance-t-elle sur un ton ironique.

— … Peut-être malheureusement celles de voisins bien intentionnés ?

— Certes, cela arrivait parfois. Toutefois, l'existence d'un dictionnaire listant les noms, dates de naissance et adresses des musiciens juifs, facilita grandement la confiscation ordonnée de leurs biens, dès l'invasion de la capitale.

— Un dictionnaire ? Comme c'est étrange, murmuré-je.

— Il s'agit du tristement célèbre « Dictionnaire des Juifs dans la musique » bannissant Gustav Malher, Darius Millot et tant d'autres.

— C'est glaçant d'entendre cela.

— En 1940 Herbert Gerick et différentes cellules, le Sonderstab Musik, un commando Musik, et l'ERR, l'Einsatzstab Riechsleiter Rosenberg, pillent la claveciniste Wanda Landowska. Ils se saisissent de soixante caisses d'instruments, partitions et livres musicaux. Seules dix caisses seront restituées vers 1947. Un inventaire était systématiquement dressé lors de la mise sous scellés des biens, précédant les allées et venues des déménageurs vers les dépôts engorgés.

— À qui étaient destinés ces vols ?

— Après les premiers bombardements massifs en Allemagne, après les rafles, d'innombrables convois de mobilier partirent en Allemagne vers les sinistrés, vers les dirigeants de la Wehrmacht, et vers les musées comme le musée de l'art allemand à Munich, ou le projet de musée gigantesque de Hitler, à Linz, en Autriche.

Je lui évoque brièvement quelques lignes de la lettre bouleversante retrouvée. Celle de l'appartement vidé.

— L'illustration typique d'un double processus d'éradication redoutable, souligne Marianne. Eradication de la présence des Juifs…et comme si cela ne suffisait pas…

— Eradication de la mémoire.

— Avec papiers, et photos, systématiquement brûlés. Nier. Niés.

— Le néant…

Elle m'explique qu'étrangement, après la guerre, des centaines de pianos firent leur apparition dans les appartements, les cafés, les halls des beaux hôtels…

Comme autant de fleurs funestes, noires, brunes ou ivoire, des claviers orphelins apparurent à mon esprit. Des pianos ensanglantés, malmenés, désaccordés, dansant dans les airs de langoureux tangos.

— Pour les victimes de pillage, continue-t-elle, un service organisa des expositions à la Foire de Paris, ainsi qu'au Jardin d'acclimatation, afin que d'éventuels survivants reconnaissent leurs biens...

— Un peu de compassion, de bonté et de bienveillance, ne puis-je m'empêcher d'ajouter d'un ton sarcastique.

— La provenance des objets d'art reste aujourd'hui difficile à établir malgré les inventaires méticuleux écrits au moment des saisies. Leurs familles exilées, dépouillées, les ayants droit ne disposent pas nécessairement du précieux registre des ventes, ni de factures détaillées à produire, ni de la moindre trace…

L'image d'un appartement vandalisé, désolé et vide me vient à l'esprit. Marianne s'interrompt une fraction de secondes, et tempère :

— Une remarquable attachée de conservation au musée du Jeu de paume, Rose Valland, s'est illustrée. Seule face aux soldats allemands, elle a réussi à sauver des milliers d'œuvres ! Au Louvre, le directeur des musées nationaux, Jacques Jaujard, a organisé par tous les moyens possibles des exfiltrations à travers tout le pays. De nos jours, dans les musées fleurissent de nouveaux postes : des chargés de recherche en provenance, avec une détermination, et une efficacité, à géométrie variable…

— Réellement ?

— Tout à fait, insiste-t-elle.

Je me souviens d'un article de presse traitant une affaire de tableaux volés aux Juifs, et dans les musées. J'évoque les œuvres retrouvées par centaines dans un appartement à Munich…

— Oui, des Picasso, des Courbet, plus de mille quatre cents, des Matisse, Renoir, Monet, Manet, Chagall, Otto Dix… stockés chez le descendant du marchand d'art Hildebrandt Gurlitt, qui aidait les nazis à vendre les œuvres de l'art dit dégénéré. Une découverte passée sous silence par le parquet d'Augsburg, au nom du secret fiscal. Le plus gros fonds jamais exhumé d'œuvres volées. Arrêté en 1945, il se défendra en disant aux Américains qu'il achetait à des personnes aux abois.

— Une vérité bien cynique !

— Le plus étrange c'est qu'il sera blanchi en 1948, et retrouvera ses tableaux dispersés. Saviez-vous qu'une seconde cache a été découverte dans sa maison de Salzbourg ?

— Je l'ignorais.

— Par ailleurs, peu avant la fin de la guerre, Hitler a fait cacher des milliers d'œuvres d'art confisquées. Certaines ont été retrouvées par les Monuments Men, puis mises en dépôt dans les ministères et les musées. Elles appartiennent depuis au ministère des finances allemand !

Non loin de nous sonne gaiement un clocher, sur la petite place.

— Sachez que certaines familles se voient toujours opposer un refus catégorique de restitution, malgré la déclaration de Washington signée par quarante-neuf états.

— Comment est-ce possible ?

— Les détenteurs actuels, musées ou personnes privées, estiment tout simplement qu'à partir du moment où une œuvre a été vendue alors que son propriétaire se trouvait à l'étranger, il n'y a pas de problème. Ils se retranchent derrière cet argument fallacieux pour refuser de réexaminer les provenances de leurs fonds. Tant de désir pour ces objets d'art ! Tant de convoitise !

— Quelle mauvaise foi ! Partis certes, enfuis, pour sauver leur vie et celles de leurs proches. La mort aux trousses ! La véritable question serait de savoir pourquoi ces œuvres ont-elles été vendues ?

— Dans quel contexte historique, social, politique et de quelle manière ? ajoute Marianne qui jette un œil à sa montre. Connaissez-vous l'affaire du collectionneur spolié Max Emdel, me demande-t-elle en attachant ses cheveux, avant de ramasser son sac et de se lever promptement. Un cas irrésolu très intéressant...

— ...Excusez-moi Eloïse, j'ai cours de yoga dans 15 minutes. Ce fut un plaisir. Nous restons en contact. Je vous aiderai. A très vite !

Elle disparait après m'avoir fait promettre de nous revoir à Paris, ou Trouville. Porteuse de l'un des secrets de Léonard, je médite sur les pistes de recherche ébauchées.

Les yeux mi-clos, je déambule dans un atelier du quinzième siècle, où s'entassent, sur des étagères pleines, de multiples roches aux tons ocre, vert, rouge, bleu, violet, des cristaux, plusieurs bocaux et fioles de pigments colorés étiquetés, lapis lazuli, malachite, azurite…La table de bois tâchée est couverte de pinceaux, de brosses, de couteaux à nettoyer, de chiffons colorés.

« Une pellicule de neige blanche, deux fines couches intermédiaires, une dizaine d'autres ensuite extrêmement fines de quarante microns d'épaisseur »

Cicatrise les plaies, sève du lentisque

Le mastic comble les lagunes de ton cœur,

Dommages importants sur les rives en pleurs

Masque les altérations d'ocre de Chios

Chapitre 28

Léon

Mon cher journal, ce matin j'étais tellement impatient de rentrer à la maison, que j'en avais des papillons dans le ventre. Chez tante Lulu, on s'amusait plutôt bien. J'ai passé beaucoup de temps à jouer avec mes cousins, Joseph, Ethan, Judith et Elsa, et ça c'était vraiment chouette. Tous les après-midis, la petite plage au pied de leur maison était notre terrain de jeu. Dans cette crique, nous retrouvions d'autres bandes comme celle de P'tit Gus avec ses sœurs et celle de Dodo.

Les journées se répétaient. Etude le matin pour chacun, arithmétique, lecture, anglais et latin, avec un professeur qui vient deux fois par semaine. Puis Clara rejoignait notre cousine au piano pour jouer à quatre mains, et moi je chassais les insectes du jardin. Sous le feuillage des orangers et des citronniers, je passais des heures à observer des colonies de fourmis aller et venir. Je leur construisais des parcours avec des obstacles, des barrages, des ponts, des tunnels puis je notais dans un carnet leurs tactiques pour s'adapter à mes inventions. Fascinantes ces petites bêtes ! Quand je serai grand, j'étudierai les espèces animales, leurs comportements, explorateur de mondes miniatures.

Les adultes oublient souvent que si l'espèce des enfants s'adapte à tout, elle observe également tout.

Pas une fois, l'air doux et parfumé de la Méditerranée n'a effacé la mine soucieuse de maman. Et que penser de toutes ces messes basses que les adultes échangeaient, pensant sans doute que je ne m'apercevais de rien ? Le dernier jour quand je suis entré en nage dans la cuisine prendre un verre d'eau, tante Lulu et maman parlaient d'un camp, de sa cousine Ingrid dont elle n'a plus aucune nouvelle. Elles ont stoppé net leur conversation en me voyant.

Je sais qu'elles me cachent des choses. De toute façon le monde entier nous cache tout. Elles s'imaginent sûrement que je suis trop petit, mais je peux tout entendre. Je regarde sans peur les fourmis dévorer leur proie, les araignées déchiqueter les mouches capturées dans leur toile, les grives détruire la coquille de l'escargot avec un caillou et même la lente décomposition des oiseaux morts. La spécialité du chat de Lulu. Il faut le voir se tapir, bondir, sauter, grimper. Rien ne l'arrête, ni les cris, ni les coups de torchon de tantine. Pour les grosses mouches, il ne rate jamais sa cible. Un as ! Quel drôle de menu ! Après tout, il parait que la petite sœur de Dodo les mange aussi…

Heureusement mon papa est là pour me protéger. Pas comme le père du P'tit Louis qu'est parti avec une poule qu'il me dit. Moi je te répète ça mais j'ai quand même du mal à croire que, du jour au lendemain, son père l'a quitté lui et sa mère pour suivre une poule !

J'aurais dû l'écouter mon papa et emmener mon violon avec moi. Il est trop tard maintenant. On avait déjà trop de bagages au moment du départ et je voulais aider maman qui était bien chargée. Enfin ça c'est la version chevalier servant. La vérité c'est que je n'avais plus le cœur à jouer.

Ma sœur, je l'adore, mais c'est encore un gros bébé. Elle ne sert pas à grand-chose à part m'embêter. Elle ne voit rien de l'inquiétude et de la tristesse des parents. Elle ne se préoccupe que de sa frange, de ses tresses, de la couleur de ses rubans, et de celle de ses robes.

La joie du retour me chatouillait le ventre. Nous étions tous tellement impatients d'être à nouveau chez nous. Libres. Les parents souriaient. Ça arrive rarement ces temps-ci. On pouvait presque imaginer que la vie d'avant nous attendait. Je veux dire celle d'avant les interdictions. Interdit de jouer dans le parc. Interdit d'entrer dans les magasins habituels. Interdit de travailler pour papa. Interdit d'aller à l'école ; Et tu sais bien, l'étoile à porter, les obligations, les contrôles, les arrestations…

J'étais tellement heureux de retrouver ma maison, ma chambre, mes jouets, mon violon, mon univers, mes livres, mes bandes dessinées, mon gros ours en peluche, mes voitures mécano, mon stylo-plume, mes cahiers, mes dessins, mes cadeaux.

Avec Clara on a couru dans les escaliers comme poursuivis par un monstre. On aime bien faire ce truc quand on rentre de l'école.

« Le dernier arrivé est une poule mouillée ! » qu'elle m'a lancé de sa voix haut perchée qui me casse les oreilles.

Sur le palier, l'enfance s'est envolée d'un coup pour nous deux.

Le monstre était passé par là laissant des morceaux de verre au sol. Elle et moi debout, immobiles comme deux squelettes d'arbres sans feuilles après la tempête. Clara, statufiée, les yeux écarquillés, on aurait dit qu'ils allaient lui sortir de la tête. Bouche grande ouverte. Une carpe muette. Aucun son. Sidérée avant le cri effroyable qui me vrille encore les tympans ; maman par terre évanouie, sourde aux appels de papa.

Le monstre nous avait devancés. Affamé, il avait tout pris, tout englouti excepté les lattes des parquets. Une fantastique chasse au trésor pour les grands !

Disparus, mon pantin, mes marionnettes, mes camions, mon beau voilier, mes voitures, mon château-fort, mes maquettes, mon petit train, les jeux de société, mes soldats, ma collection de toupies, ses poupées, ses baigneurs, leurs habits de dentelle, sa dinette de porcelaine, nos babioles, nos boites à trésors, bricolages et dessins…

Disparus les meubles, les lustres, la bibliothèque, le piano, les voilages et rideaux, les verres de cristal, la vaisselle, l'échiquier, les vêtements, les bijoux, les chaussures, la machine à coudre, les poignées de porte, les albums de famille, les tableaux, les cadres, les photographies accrochées que maman aimait tant. Jusqu'aux prises de courant et ampoules. Nos vies comme disparues, leurs traces réduites au sillage évanescent d'un avion dans le ciel.

Il ne reste rien

De nos vies envolées

Fragments de papier

Parsèment le sol les débris

Laissés par le cœur gelé

D'un monstre minable

Je ne sais te dire où,

J'ai mal.

Chapitre 29

Ailleurs, il y a Toi

Odeur du parfum de ma mère,

Toucher la barbe de mon père,

Chanter ensemble tous les airs,

Et toujours voir leurs visages clairs.

« Partis » voilà le mot sans cesse entendu, prononcé en société. Tant de sourires compatissants, avec parfois, comme partage de ma peine, une main écrasante posée sur mon épaule. Une caresse furtive sur ma joue.

« Unis dans une éternelle tournée » Pas morts. Jamais ! Une chape de plomb. Je n'étais plus que rage et fureur.

Colère de ma vie partie en éclats de verre,

Colère de soi, après les autres, sur ma bouche amère.

Longtemps, cachée sous mes draps, la brûlure de l'abandon vint me chercher le soir, couvrit de monstres au matin des mers de papier peint. Créatures imaginaires me cernant au dehors, au-dedans, tapies jusque dans les plis du peignoir de bain posé négligemment sur le radiateur.

Solitude pour compagne,

Injustice dans mon âme.

Ravagée, marquée au fer, je me sentais différente de mes camarades, le sceau de l'abandon, aveugle à tous, inscrit sur mon front, mon corps.

Première nuit sans eux. Premier repas. Premier anniversaire. Premier Noël. Premières neiges. Premier printemps. Premier coiffeur. Premiers achats. Premier baiser. Premiers émois. Première fois.

Une éternelle cicatrice, morsure d'un lion,

Dévastation de vivre sans leur approbation.

Alors Papilou et Mamilou dotés de quelques pouvoirs, les faisaient revivre le temps d'un bouquet de pivoines, de renoncules, ou d'anémones les fleurs préférées de ma mère, ou d'une aria entonnée par mon père.

Premiers dialogues rassurants avec mes absents

Apprendre à vivre définitivement sans.

Orpheline, sur une crête, sur une ligne

Où avais-je la tête ?

Les pieds sur un fil, somnambule, funambule,

De la doline m'extraient vos mains agiles

Vers l'envol.

Chapitre 30

Nils

« Je t'attends. »

Tu m'as fait ce serment alors que nous étions allongés sous un chêne sur l'herbe scintillante de rosée. Tes paroles m'ont touchée sans que je n'en montre rien. Elles serpentent encore sous mon épiderme, créant une délicieuse ondulation, un doux chaos qui ne me quitte plus. A chaque instant, elles irriguent le delta des possibles, un limon fertile de racines et rhizomes enchevêtrés. Ivre de bonheur, je piétine et malaxe ce trésor d'argile. Lèvres scellées, je me suis tue.

« Tu es celle que j'attendais…Tu es toutes les femmes de ma vie. »

Vois-tu Nils, je ne vais pas te fuir. J'ai fait l'expérience des rencontres qui ne comptent pas, sur lesquelles s'attarder ou se retourner n'est guère nécessaire. Celles que l'on traverse comme un marcheur le nez au vent, distrait quelques temps par les alizés, un parfum, une peau, une main, un grain de voix. Celles dont l'on sort délesté de son identité, de sa liberté, de ses rêves, de son tempo, avec une curieuse démarche en crabe, celle d'une ombre qui n'est plus vraiment soi. Invisible transparence. Mes propres pas partis de côté, empruntant une direction évasive. Une invasion qui provoque une inexorable dérive continentale.

Bientôt, je serai là. C'est à la fois excitant et terrifiant de se dire que nos vies seront liées, mais que ferais-je sans toi ? Qui serais-je ?

Depuis mon départ, le ciel de tes yeux hante mes pensées. Tout comme nos balades, nos week-ends à la cabane, notre avenir que tu envisages avec sérénité. Ton désir. J'ignore si je serais à la hauteur de tes espérances, concentré d'élixir, qui sublime le quotidien. Je redoute quelque peu les malentendus, les quiproquos engendrés par nos langues maternelles différentes, par les constructions mentales induites dans nos représentations culturelles. Communiquer à deux en français est parfois si difficile, tant les interprétations d'une même phrase peuvent être multiples, colorées par une intention perçue à géométrie variable, par la réception du message dans tel ou tel état d'esprit.

Sous le langage fraie notre complicité, notre intimité.

Quelle est donc cette femme mystérieuse que tu attendais ? Piquée au vif par la curiosité, ta réponse m'a déconcertée, et je dois bien l'avouer, m'a déçue. Pourtant, aujourd'hui, je ne peux imaginer meilleure réponse :

« Celle qui de son souffle accompagnera mes jours et mes nuits… Toi ! ».

Devant mon air septique tu as ensuite ajouté laconique « Je n'attends rien de plus Eloïse. C'est à moi de me réaliser, de ne pas me décevoir. »

Finalement, à ma grande surprise, je te rejoins. Tu es plus lucide que moi. Certains partenaires, jardiniers paresseux, ne rejettent-ils pas trop facilement sur l'autre leur propre incomplétude, leur manque de courage, leur déception d'eux-mêmes ? Ne cherchent-ils pas à fuir l'image que leur renvoie le miroir sans complaisance de leur propre sécheresse, oisiveté, à l'image d'une terre aride ? Une bobine de fil de soie à dévider au fur et à mesure des décennies que l'on a la chance de vivre, un fil plus ou moins souple, parfois effiloché, dont la couleur change au gré des humeurs, des bonheurs, des embûches, des sauts d'obstacles, et parfois se casse.

S'accomplir. Comme un enfant qui réalise ses premiers pas en trébuchant, une main adulte prête à le secourir. S'envoler. Décoller.

Je refuse de devenir l'une de ces femmes qui répondent à la place de leur mari passif, infantilisé, heureux de l'être, pour lequel Maman décide de tout. Gros poupon larvé au ventre proéminent la cinquantaine passée, pour un peu capable de se plaindre de s'ennuyer, comme un gosse de quatre ans ! Régression abjecte.

Ni surtout copier les couples mornes et lisses où l'on ne distingue plus qu'un amalgame opaque aux contours indéfinis, l'un ayant déteint sur l'autre. Processus d'interruption de croissance personnelle. Une vie en friche, en mode abandon, proche d'un pilotage automatique sous emprise.

Je veux te voir t'élever avec les ans, décidé à récolter de chaque sillon creusé saison après saison, les semailles qui deviendront le sel de ton existence. Qu'arrivé à l'âge des doutes, des interrogations, tu te retournes très brièvement, satisfait des fruits récoltés. Qu'en revanche, la contemplation des traces du passé, des photos amoncelées, ne constitue nul refuge où tu t'enfermerais, solitaire en ton donjon. Retour amer vers une époque en dormance où, pour un peu, tout était possible. Il eut suffi…Soupir.

Une gestation avortée de son propre fait. Nulle excuse.

L'intransigeance que tu portes à ton égard éclaire tel un puissant projecteur de chantier ma conception du couple. Une construction sans calque, sans filtre, lucide. Alors oui, volontiers, je soufflerai autant qu'il le faudra sur les braises de notre histoire, un vent tiède, une brise glaciale, une furie, un siroco, la tramontane, un mistral brûlant.

Bourrasques et rafales nous secoueront pour que ne cesse le mouvement perpétuel de la révélation. Se créer soi-même. Eclosion d'un être aux mues innombrables, métamorphoses essentielles, pluie d'écailles, miroitement de peaux, chatoiement de plumes. Probablement traverserons-nous quelques cieux orageux tourmentés, comme lors de notre première soirée à deux inoubliable. Les tempêtes rafraichiront la touffeur de nos têtes à têtes d'une haleine revigorante, fertilisante.

Enfantement de nous naissants

Eclosion de nos êtres

La force tellurique des amants

Lente progression, en pays vallonné, en une succession d'ascensions et de descentes, considérons que rien n'est jamais acquis. Trottinons tels deux pèlerins vagabonds, contemplatifs, soufflés par la beauté des chemins escarpés et sinueux empruntés ensemble. Toujours capables d'émerveillement.

S'abandonner sans se perdre, est-ce se respecter ? Par une volonté commune, inébranlable, être plutôt que paraitre, sans dissolution derrière une image lisse et conforme. Une altérité non rabat-joie qui autorise l'autre à être pleinement soi. Jouir d'une relation positive à soi-même permise.

Ni résignation, ni paresse, ni enfermement dans une bulle asphyxiante. Refuser de courir en pays de Cocagne après le mythe de l'âme sœur. Fuir cet état dans lequel le compagnon se réduit au mieux à une extension de soi-même, au pire à un territoire annexé par lassitude ou force, crainte ou soumission

Etrangers et pairs,

Etrangers et frères.

Un pinceau à la main j'esquisse les contours d'une relation harmonieuse, en symbiose. Je sombre et refais surface en surfeuse glissant sous une déferlante turquoise, au large du cercle polaire. Un lagon vert dissimile une forêt lacustre peuplée de poissons qui nettoient mon âme, la restaurent en recrachant des morceaux de malachite et d'azurite, notes éphémères d'une partition à quatre mains.

Des senteurs comparables à nulle autre me ramènent en Bretagne. Perchée sur les rochers de granit bleu sculptés par le vent que lèchent les vagues, j'inhale les embruns marins, tandis que par millions scintillent les paillettes de mica, sur la mer de sable.

Mes pieds de reine foulent la lande lumineuse

Parsemée de bruyères, de genêts et d'ajoncs,

Des verts, des mauves et jaunes étalent leur tapis

J'avance sereine, légère, le cœur conquis.

Chapitre 31

Mes petits amis

En contre-point, extirpé de mes souvenirs d'enfance, se dresse comme surgie d'une haie, une ombre menaçante, gigantesque. Celle d'un homme tout puissant, dont la frustration n'a d'égal que l'absence de contrôle sur l'autre. Un volcan explosif aux éruptions imprévisibles pour les vulcanologues les plus avertis. En toile de fond, comme déclencheurs de conflits, tout et rien, si peu de choses, quelques nanoparticules déplacées en quantité infinitésimale.

Bouffées de colère, rougeur éruptive, veines du cou saillantes, narines dilatées, mots vexants, gifles, bousculades, coups sur le corps, marques sur le visage. Imposer systématiquement son point de vue par les mots ou la force. La violence pour toute réponse. Un rideau de fer. Un toit de plomb.

La terreur au sein du foyer,

Le silence qui emmure,

Femme et enfants maltraités,

Pourront-ils se relever ?

Au dehors, dans sa vie professionnelle, face à une frustration ou une contrariété, cet homme superbe sait toujours gérer ses émotions. Au-dessus de tout soupçon. Irrésistible. Au-dedans, dans la cellule close du foyer, il rejette systématiquement la faute de sa colère sur sa femme, ses enfants, les défauts qu'il leur attribue.

Jamais je ne le vis émettre la moindre culpabilité. Toujours maître de lui face caméra. Action. Un acteur charismatique incarnant avec brio son rôle devant les projecteurs, méconnaissable hors champ. Pour blanchir sa conscience, je suppose qu'il avait progressivement élaboré de nombreuses stratégies de déculpabilisations, asséchant le moindre espoir d'une progression, réduit à un maigre ruisselet tari. A moins qu'il n'ait jamais pris conscience de son degré de violence ?

En revanche, l'emprise qu'il exerce sur ses proches ne cesse de croître, une tache d'encre qui grossit, se dilue amplement et finit par souiller tout un entourage soumis à sa perversion. Une herbe envahissante, liseron, chiendent, qui étouffe les jeunes pousses.

Jamais d'excuses.

La jouissance du pervers est un roc, une montagne que nul ne peut gravir, marcheur solitaire, atteignant seul les hautes crêtes embrumées d'un esprit torturé et tourmenté.

Combien de fois, face à ce couple éblouissant dont la nichée claudiquait et souffrait, l'enfant spectatrice que j'étais a souhaité voir se réaliser la scène finale d'un film qui me bouleversa à l'époque. Une sortie de route spectaculaire dans « Les choses de la vie », une trajectoire imprévisible, incontrôlable, celle que Claude Sautet avait imaginée pour son personnage à qui la vie offre tout. Trop peut-être ?

Trop jeune pour saisir l'écartèlement du héros perdu, incapable de se décider, de choisir, père de famille tiraillé entre sa femme, qui par amour accepte tout, et sa superbe maitresse, je retins tout de même l'accident comme solution. Une explosion après l'implosion.

La part aléatoire de l'inattendu qui change le cours d'une existence et exerce sur tous les satellites de celle-ci de profonds bouleversements ; un trou noir aspirant les problématiques gravitationnelles lestant les corps célestes de mes jeunes amis. Frêle espoir.

D'accident, il n'y eu point. Nus et vulnérables mes petits amis restèrent.

Première déception d'une époque pourtant oublieuse des ceintures de sécurité. Par ailleurs je ne rechignais guère à réitérer ma requête dans chacune de mes prières. En vain !

En échos face à ce qui accable le héros, ses dernières paroles libératrices « On va s'occuper de moi ».

Mais qui donc allait s'occuper d'eux ? Mes frères de cœur n'avaient-ils pas droit à une main tendue, une intervention divine arrêtant le martinet avant qu'il ne s'abatte sur leur chair ?

Tes longs cheveux noirs d'Indienne

Caressent les joues encore mouillées ;

Cous de cygne, ployés,

Regards en miroir noyés.

Partir. Oui, mais pour aller où ? J'imagine que tu t'es maintes fois posée cette question sans trouver de réponse, perdue dans les méandres des complications annoncées.

Mère aux abois qui s'enfuit dans les bois,
Emportant ses enfants privés de toit.
Entre deux éclats de colère, la vie file droit,
Amarrée au foyer d'un tyran roi.

Pas de changement de paradigme sous un ciel orageux, menaçant, sans magie si ce n'est une petite lumière vacillante qui ne les quitte plus, le faisceau d'un phare dans la nuit. Certains de leur délivrance prochaine, quelles autres défenses psychologiques que l'attente ériger contre un monstre ?

Avec les ans, ces gamins relèveront peu à peu la tête pour soutenir le regard de leur père ; ils le toiseront, le dépasseront, toutes voiles gonflées de haine, silencieux, distants.

Chapitre 32

Le temps d'un soupir

Eloïse s'installe seule à la terrasse d'un café et contemple le monde qui défile sous ses yeux, à la manière des daguerréotypes qu'elle avait découvert enfant dans une malle au grenier chez une amie. Toutes les petites choses de la vie d'autrefois, un décor, une tenue, un accessoire, lui parlaient et la fascinaient.

Elle affectionne ces fugaces moments de pause, hors de soi, un peu hors du temps. Mamilou lui avait transmis ce plaisir en lui confiant qu'à une époque pas si lointaine, il n'allait pas de soi de voir attablée une femme seule goûtant quelque instant d'affranchissement, de liberté, volé à sa journée de mère ou d'épouse. Lui reviennent des bribes de leur conversation :

— Tu le faisais, toi, à mon âge ?

— Bien sûr ma chérie, mais c'était plutôt mal vu. La journée d'une femme devait s'organiser autour des tâches qui lui étaient traditionnellement attribuées. Un territoire géographique somme toute limité ! J'empiétais sur un secteur réservé aux hommes, ou aux femmes dites de mauvaise vie…

— Et tes amies alors ?

Mamilou afficha alors une expression pensive.

— Pour la plupart ce n'était tout simplement pas concevable. Trop inconvenable.

— Cela m'est difficile à imaginer…

— Détrompe-toi mon petit. Penses-tu que partout dans le monde les jeunes filles ont la liberté de fréquenter les cafés ?

— Oui, tu as raison. Toutes les sociétés ne leur accordent pas encore les libertés dont jouissent leurs frères…

— C'est pourtant un délicieux moment qui peut alléger le quotidien. Une flânerie intérieure. Se perdre dans les méandres d'un instant en suspension, à l'écoute de sa petite musique de nuit. Un petit rien essentiel.

Les petits riens de Mamilou, je ne les oublie pas.

— Oh, méditation, écoute de soi, et autres approches se sont multipliées. Mais il n'empêche que face aux crispations de l'ordinaire, le temps d'un café peut agir comme une digue.

— Une digue dans le trop commun ?

— C'est exactement ça, une touche de singulier. Un éclat de lumière. Dans ses iris pâles, Elodie vit une question passer, puis se poser sur ses lèvres.

— Quels sont tes futurs projets ma libellule ? Je me suis laissé dire que tu as peut-être des révélations à me faire…

Elle avait alors exposé pour la première fois son envie d'ailleurs, les vies possibles qu'elle s'imaginait. Loin de la refreiner dans ses déambulations multiples, Mamilou l'avait encouragée à repousser les limites qu'impose parfois l'autocensure.

« Fais de ta vie quelque chose qui vaille la peine, sans te soucier des préjugés. Abats tes propres murs. »

Ces conseils encourageants l'avaient définitivement libérée du sentiment de trahison qui pointait alors qu'elle formulait son souhait, entièrement consciente de l'engagement et de la générosité de ses protecteurs.

Un homme d'une trentaine d'années s'approche d'elle. Une carrure de sportif surmontée d'un visage aux traits harmonieux, animé d'un regard amusé.

— Puis je vous offrir quelque chose ?

— Ce n'est pas vraiment nécessaire. J'allais partir…

— Permettez-moi d'insister, un large sourire ponctue sa requête.

À la réflexion, personne ne l'attend et son interlocuteur, loin d'être désagréable à observer, lui inspire immédiatement confiance. Il lui rappelle vaguement un acteur dont le nom lui échappe.

— Alors, ce sera un autre café, merci.

— À cette heure-ci nous pourrions envisager un apéritif…

— Je vous vois venir. « Nous » c'est un peu rapide, non ? Un café c'est déjà bien.

— Pardonnez mon extrême maladresse…je me suis mal exprimé. J'ai besoin de rêve !

— La réalité est-elle si difficile ?

Il lui répond d'une imperceptible moue avant de prendre place sur la chaise de rotin rouge, face à elle.

— Vous permettez ? Pour qui ne l'est-elle pas ?

— Eternelle histoire ! Racontez-moi tout !

— Je ne sais par où commencer ! 35 ans. Marié. Père de deux enfants.

— Quel est votre problème ?

— Enfin, j'étais marié. C'est d'une banalité ! Pardonnez-moi. Ma femme est partie il y a trois mois, avec le plombier. Vous ne devinerez jamais la dernière recommandation que je lui ai adressée en partant travailler…

— À vrai dire, je sèche, mais je dois reconnaitre que vous m'amusez. Dites-toujours !

— « Chérie, pense à prendre rendez-vous avant mon retour ! ». Il s'interrompt dans un soupir de lassitude. Et j'ai bien insisté sur avant…

— Vous étiez en voyage ?

— Oui, un court déplacement pour affaires. Je suis galeriste et il m'arrive d'accompagner un artiste à l'étranger.

— Quel genre d'art exposez-vous ?

— Du contemporain uniquement. Aimez-vous ?

— Très franchement, parfois. C'est variable. J'ai été si déçue par ma dernière exposition au Whitney Museum à New-York. Une installation trop conceptuelle peut-être ; j'en suis ressortie totalement dépitée, sur ma faim, avec une soif de découverte inassouvie, avoue-t-elle.

— Cela arrive. Je sentais fébrile le peintre que je soutiens, et avant le vernissage à Londres, il m'a semblé indispensable de le familiariser avec l'installation de ses œuvres pour lui redonner confiance.

— Y êtes-vous parvenu ?

Mon interlocuteur plisse le nez en signe de contrariété.

— Oh ça, oui…depuis ses ventes décollent.

— Félicitations !

— Attendez un peu…Mon retour en revanche ressemblait à un crash. Un appartement vide. Les mômes partis eux aussi. D'un air désemparé il se passe la main dans les cheveux.

— J'imagine votre surprise.

— Volatilisés !

— On croit être au sommet quand tout s'écroule. Je rentrais tellement satisfait. Content de moi.

— Vous aviez de quoi l'être apparemment.

— Presque heureux. J'ai réalisé seulement depuis leur départ combien je l'étais avec eux. Cela fait douze ans que je donne tout pour ma boîte et mes employés. C'est comme une petite famille voyez-vous.

— Combien sont-ils ?

— Quinze que j'apprécie tous. Il m'est impossible de travailler avec un collaborateur que je n'affectionne pas. Je les choisis scrupuleusement, avec méthode. Cela va peut-être vous paraitre un peu fou, mais j'étudie même leur signe astrologique !

— Pourquoi pas, pour l'alchimie…

— Mais je n'ai rien vu venir…

— Sans vouloir vous vexer, c'est fréquent me semble-t-il.

— A croire que je portais des œillères, moi qui ai pourtant l'œil pour dénicher des talents… L'œuvre d'art majeure, c'était eux !

Il tourne sa cuillère dans sa tasse, rassemblant ses idées qui tourbillonnent.

— Tania m'a quitté sans un mot, sans prévenir, pour suivre un homme qui l'a foudroyée. Elle m'a dit très précisément, je la cite : « J'ai vu la lumière en lui ! ». Ce sont ses propres mots, l'unique fois où elle a consenti à répondre à mes appels. Vous rendez vous compte… « la lumière » ! Quel aveu implacable ! Suis-je si sombre et lugubre ?

— Bon, effectivement la réalité ne vous a pas fait de cadeau. Mais cela s'arrangera certainement.

— Oui, de négociation en médiation par avocats interposés, je peux continuer à envisager voir mes enfants un week-end sur deux. Une perspective réjouissante ! Des miettes de ma vie d'avant.

— C'est si peu, effectivement, concède-t-elle.

— Alors je rêve qu'elle revienne… que je me réveille de ce cauchemar et retrouve l'appartement plein de vie, de chamailleries, avec les jouets des mômes qui trainent un peu partout. Si souvent, je fulminais tôt le matin en butant dedans. Vous voyez ce que je veux dire ? On peste parce que ça fait du bien de râler, alors que tout est quasi parfait.

— Non, je ne connais pas cela. Elle essaya un bref instant de s'imaginer entourée d'enfants, dans un appartement sens dessus dessous.

— Assez parlé de moi. Parlez-moi un peu de vous…

— Oh, rien de notable de mon côté, ni mari, ni enfant, ni chien, ni chat ! Jusqu'à présent, je me suis contentée de naviguer à vue, sans regrets. Au final, je dirais que ne s'est pas fait ce qui ne devait pas se faire.

— Vous rayonnez pourtant. Il émane de vous une force tranquille, quelque chose d'indéfinissable, et de rassurant à la fois.

— Pour être honnête avec vous, il y a peu c'était encore le grand flou, avant…

— Vous parlez au passé. Avant quoi, si je puis être indiscret ?

— Je vais vous le dire. Mais, en aparté, ne trouvez-vous pas un peu étrange ce genre de conversation que deux parfaits inconnus mènent en toute sincérité, sur leurs existences, dans un café ?

— Voyez-vous, votre écoute me procure un réel bien-être…elle me fait du bien. Et je vous remercie sincèrement de votre attention, poursuit-il. Alors, avant ?

— C'est réciproque. La voici ma réponse : Exactement la même ! Avant... avant LA rencontre d'une vie ! Des aiguilles qui marquent un cadran puis s'arrêtent, qui offrent une suspension, le temps de réfléchir.

— Comme vous y allez ! Parlez-vous de maintenant ? Je plaisante évidemment, tempère-t-il.

— Je m'ennuie de lui, lui annonce-t-elle, comme une révélation.

Grand sourire de Guillaume Canet. Son nom lui revient à l'esprit.

— Heureux homme ! Manifestement, ma femme s'ennuyait avec moi. Quatre lettres qui changent tout !

— Mais, cet homme ignore encore ma décision. En fait, elle s'est imposée, peu à peu, jusqu'à devenir une évidence, lui confie-t-elle.

— Une certitude ?

— Et bien, la conviction que dans ma vie cet homme est incontournable, tout simplement, lui souffle-t-elle.

— À l'inverse des passants ou passantes !

— Oui, comme dans la chanson. Vous aussi avez des goûts de grand-mère ! s'esclaffe-t-elle.

Un silence agréable les enveloppe. Quelques verres tintent et les conversations alentour reprennent.

— Vous vous en sortirez, vous verrez ! affirme-t-elle.

— C'est comme un terrible orage. Une tornade dont le vortex dévore tout, raye sur son passage le foyer bâti, hurle en recrachant les débris. Toit éventré, charpente en miettes, échardes au cœur. Au sol, tout n'est plus que poussières et gravats, amoncellements épars.

— Vous le traverserez cet orage, et bâtirez. Rebâtirez ! Maintenant, je vous prie de m'excuser, mais je dois filer. J'ai un train à prendre dans la soirée pour la Suisse et mon sac n'est absolument pas prêt.

Eloïse se lève et lui adresse un clin d'œil complice. Il fait signe au serveur d'apporter l'addition et sort un billet.

— C'est pour moi ! C'était un plaisir et une chance que de vous rencontrer. Vous avez éclairé ma journée. Et je prendrai avec un scorpion et un poisson. On ne sait jamais si la chance tourne !

— Alors, bonne chance ! lui lance-t-elle en se retournant.

Ils se quittent sur ces mots, sans embarras, sans connaitre leurs noms, ni même avoir échangé leurs numéros. Une rencontre fortuite qui, pour l’un comme pour l’autre, scelle de par sa franchise et sa spontanéité une décision irrévocable.

A lui, l’envolée vers un autre possible, une projection plus sereine, à elle, les cieux suédois, leurs feux dansants aux robes vertes, coiffant les montagnes magiques.

Chapitre 33

Suisse, une visite impromptue

Dans le train qui l'emmène à Zürich, Eloïse songe aux deux longues journées passées, enfermée dans une salle impersonnelle et glaciale, éclairée de néons.

Sur les conseils de Marilyne, elle s'est rendue aux archives nationales, porte des Lilas. La lecture des procès-verbaux des cinq boîtes, commandées à l'accueil, s'est tout d'abord révélée infructueuse. Sous ses yeux fatigués s'alignaient des colonnes dansantes de numéros de lots, de prix, avec en correspondance les noms des propriétaires et de marchands d'art. Découragée, elle faillit renoncer à revenir le lendemain.

L'étude des deux dernières boîtes lui parut interminable sans que rien de particulier, ni nom, ni adresse, ne retienne son attention. Dépitée, prête à renoncer avant la fin, elle lut, puis relut une ligne accrochant son regard, sur un mince feuillet jauni au pli déchiré :

Lot 117 Mr Albert Bader demeurant boulevard Voltaire. P.Cézanne

En dépit de sa nuque de plus en plus raide et douloureuse, cette trouvaille l'encouragea à aller plus loin.

Le cœur battant la chamade, elle prit en photo le document, avant de poursuivre ses investigations à la recherche du moindre élément susceptible d'étayer son enquête. Du dernier carton, celui d'une vente effectuée à l'hôtel Drouot en 12 décembre 1943 elle parvint à déterminer le nom d'un acheteur de plusieurs lots successifs dont l'adresse se situait en Suisse. Elle la nota sur un carnet.

Qui espérait-elle rencontrer ? Un vieux monsieur, certes, mais peut-être sénile. Ou plus probablement son fils ? Des enfants hostiles à sa requête, ayant grandi avec le tableau et le considérant comme faisant partie de la famille depuis toujours. Ils ne l'avaient pas volé puisqu'un procès-verbal attestait d'une vente. Tant de questions l'assaillaient.

Quelles furent les conditions exactes de la vente ? Voilà le cœur de la question que lui soufflait Marianne. Avec quelle légitimité quand les lois de Vichy régentaient toutes les transactions ? S'agissait-il d'une vente forcée ? Ses aïeux s'étaient-ils retrouvés acculés, dans l'obligation de vendre par suite de contraintes morales ou de difficultés financières ?

L'historienne lui avait bien rappelé que pendant l'occupation, les musées avaient été très actifs sur le marché de l'art, avec comme plaque tournante la Suisse. Elle lui avait bien souligné qu'aucune facture n'était rédigée pour ceux qui étaient alors interdits de vente, expropriés de leurs biens.

Quel recours lui restait-il si la vente avait l'apparence d'une vente normale, légale ? Quelle est la frontière entre la légitimité et la légalité lorsqu'une approche décontextualisée des dossiers paralyse les demandes de restitution ? Le régime national-socialiste n'a-t-il donc jamais existé ?

S'enfuir, sauver les siens

Europe en plein chaos,

Qui n'offre plus de repos

Traqués, tout perdre, s'échapper

Confortablement installée sur sa couchette, elle rêvait à un dénouement heureux quoique cette possibilité lui sembla sur l'instant saugrenue, l'infime branche d'une arborescence de probabilités et de questionnements confus. Elle se vit comme une araignée guettant le moindre frémissement sur sa toile, l'aboutissement d'un long processus de patience.

Et si la chance lui souriait ? Cette petite musique s'incrustait dans son esprit.

Pesait sur ses espoirs un silence aux ailes tissées de plomb, vieux de plus de quatre-vingts ans, encouragé et consolidé par l'entente collégiale de tous les musées d'Europe, à peine allégé par l'émergence des recherches de provenances. Depuis des décennies, des milliers d'œuvres sont entrées aveuglément dans les acquisitions, sous toutes les latitudes, sans que personne ne se soucie de leurs parcours.

Discours polis des conservateurs sur les provenances non vérifiées systématiquement. Imaginer devoir restituer aux ayants droit des collections entières… Une boite de Pandore. Impensable. Inconfortable. Trop à perdre, trop coûteux, et si peu de chercheurs.

Imaginer que chacun des quarante tableaux d'une collection impressionniste prestigieuse appartenait en 1939 à une famille juive, telle la collection Bährle…

Imaginer qu'aujourd'hui encore de puissants musées et marchands d'art à Berlin, Hambourg, Zürich possèdent des biens acquis dans un contexte de persécutions et ne soient pas en mesure de justifier ce patrimoine…

Marianne l'avait mise en contact avec un avocat spécialiste des œuvres d'art. Rendez-vous fixé à ce matin, elle espérait entendre de sa part des propos rassurants alors même qu'un infime pressentiment lui enserrait la poitrine, tel un mauvais présage.

Désemparée, elle hésitait encore sur la conduite à tenir. Devait-elle vraiment entamer une longue et onéreuse procédure de restitution ou bien se contenter d'un premier contact avec la famille pour aviser ensuite et peut-être trouver un accord à l'amiable ?

Sentir l'air du temps. Un instant elle imagine Maud à ses côtés. Se laisser guider par son instinct. Ecouter sa petite voix intérieure. Les rares fois dans sa vie où elle avait nié cette pulsion lui avaient laissé l'amertume d'un regret sur la langue, encombrant bagage.

Et si au lieu de se rendre à l'étude, elle filait directement sonner à la porte de la propriété ? Sa raison et son éducation lui rappelaient en vain que cela ne se faisait pas. Tant pis pour les usages, sa décision était prise. Après tout, que risquait-elle ? Se faire attaquer par le chien de garde ou bien refouler dès l'interphone par un refus catégorique ?

Elle le saurait bientôt. Plus une minute à perdre. Fébrile, elle indiqua le changement de direction au taxi qui l'emmenait vers le quartier des affaires. Ils roulèrent vers la périphérie de la ville, là où le bitume disparaissait sous une voute verdoyante puis s'engagèrent sur un chemin caillouteux et pentu qui offrait une vue plongeant sur le lac dans le miroir duquel se mirait le soleil.

Dissimulée dans un petit bois, la demeure ne se dévoilait pas depuis le bord de la route. Elle libéra le chauffeur, sonna et attendit devant un immense portail laqué noir. Un aboiement lui parvint aux oreilles avant de découvrir son auteur aux poils longs, un border collie faufilé entre le grillage et la haie. Au même instant une voix aigrelette se fit entendre :

— Maison Famille Falcher, que voulez-vous ?

— Bonjour Madame, je m'appelle Eloïse Valence et j'aimerais parler à Mr ou Mme Falcher. Je viens de France pour évoquer une question d'importance.

— Je transmets à Madame. Un instant. Veuillez patienter s'il vous plaît.

Oublieuse du temps qui passait, Eloïse entra en grande conversation avec l'animal à quatre pattes qui lui tenait compagnie.

— Alors mon pépère tu te la coules douce, ça m'a l'air bien tranquille ici, pas vrai ? Tout d'abord l'animal s'assit, oreilles dressées semblant l'écouter avec attention avant d'émettre un gémissement. Puis il se mit sur le dos et lui exposa son ventre en remuant la queue. Le portail s'ouvrit.

— Pour votre gouverne, c'est une demoiselle ! Enfin plutôt une vieille dame puisqu'elle a 17 ans. Mais comme vous le voyez elle oublie son âge et assure encore son rôle avec zèle bien qu'elle ne voie malheureusement plus grand chose. Pas de retraite pour les braves !

Surprise Eloïse se redressa en apercevant les bottes rouges crottées que portait une femme mince, de haute stature, au long visage anguleux, coiffée d'un chapeau aubergine, un sécateur à la main

— Mademoiselle, sachez que les amis de ma chienne sont mes amis ! D'une main énergique elle l'accueillit en déclinant son identité, Judith Falcher.

— Permettez-moi de me présenter, Eloïse Valence. J'ai fait tout ce voyage depuis Paris motivée par une longue recherche que j'aimerais vous exposer.

— En voilà un mystère ! Suivez-moi. Nous serons plus à l'aise à discuter autour d'une tasse de thé. Je devais passer chez mon fils aujourd'hui mais comme souvent il a annulé au dernier moment.

Elles traversèrent le parc en suivant l'allée de graviers. Au pied des arbres, des bouquets de jonquilles constellaient le tapis de feuilles de taches éclatantes.

— Avez-vous d'autres enfants ?

— J'en ai eu quatre et on peut dire qu'ils m'ont tous donné du fil à retordre. Entrez donc !

Elles franchirent une porte vitrée et pénétrèrent dans une vaste cuisine au ton vert tilleul occupée par une matrone en tablier, au regard d'aigle. Madame Falcher se déchaussa et invita Eloïse à la suivre tout en s'adressant à son employée Ingrid dans un dialecte inconnu. Une agréable odeur de gâteau au chocolat enfourné parfumait la pièce. Eloïse se dit que l'accueil qui lui était réservé eût pu être beaucoup plus hostile. Qu'en serait-il une fois les faits exposés ? Se verrait-elle sommée de quitter immédiatement les lieux, le chien à ses trousses ?

Le salon, tout de bois blond, offrait une large baie sur le jardin embrassant le vallon et la campagne alentour. Eloïse prit place sur un fauteuil et contempla pensive le tableau aux nuances de verts, de bruns, de roses, qui s'étalait sous ses yeux. Soudain, un écureuil apparut, sautant d'une branche de pin à l'autre.

— Oh !

— L'avez-vous aperçu ? C'est Ferrero. Il se montre tous les après-midis. Un modèle de fidélité et de ponctualité. Tôt le matin, c'est Gaston le hérisson qui se promène avant de se terrer sous les fourrés…Dites-moi ce qui vous amène Mademoiselle.

— Voilà, ma démarche va vous paraitre fort cavalière, et je suis confuse de l'embarras que cela ne va pas manquer de générer. J'ai en premier lieu envisagé une autre procédure, avant de changer d'avis au dernier moment, préférant me fier à mon intuition.

La cuisinière surgit portant un grand plateau de laque chinoise qu'elle déposa au milieu de la table du salon. Autour d'un cake décoré de zestes d'orange et de citron, deux tasses aux myosotis bleus fumaient.

— Vous apprécierez à n'en pas douter le fondant que prépare Ingrid chaque jeudi. Je vous écoute.

— C'est une longue histoire. Pour commencer je vais remonter le temps et vous parler de mes grands-parents qui vivaient à Paris pendant la guerre.

Eloïse crut déceler un imperceptible pincement de lèvres chez son interlocutrice, se tenant soudain plus droite, crispée et rigide, extrêmement attentive à l'évocation de cette période. Dans un pesant silence, elle poursuivit son récit, parla de sa grand-tante, de cette famille inconnue, des éléments découverts inopinément, des secrets à percer. Ensuite, sans jamais être interrompue, elle détailla le fruit de ses recherches et finit par exposer ses contacts. Puis les mots lui manquèrent…

— Ainsi donc, vous voilà devant moi pour, soyons claires, envisager un processus de restitution d'œuvres, à supposer que celles-ci soient encore dans le patrimoine de la famille.

— A vrai dire vous formulez parfaitement l'objet de ma démarche mais pour être tout à fait honnête avec vous, je devais me rendre ce matin au cabinet de maitre Madali. Inexplicablement, j'ai changé mes plans et préféré venir à votre rencontre directement.

La mine inquiète de son hôtesse se détendit immédiatement, affichant même un discret sourire. Un silence bienveillant s'installa, rompu avec véhémence.

— Grand bien vous fasse ! Vous avez eu une excellente idée mon petit. Vous n'avez pas idée, par les temps qui courent, de la publicité que cela n'aurait pas manqué de faire. Sachez que ma famille apprécie, plus que tout, la discrétion. Je vous sais gré d'avoir pris la bonne décision en suivant votre instinct. La meilleure à n'en pas douter.

Déroutée par cette appréciation Eloïse se demandait si le simple fait de ne pas avoir franchi le seuil du cabinet justifiait un tel soulagement de la part de son hôtesse ou si celle-ci surjouait le soulagement.

— Il me semble pourtant que Maître Madali a très bonne réputation. Il m'a été vivement recommandé par une conservatrice d'art à Paris.

— Mais certainement, je n'en doute point. Toutefois chacune des affaires gérées par ce cabinet l'est à grand renfort d'articles de presse détaillés, de faits erronés, décontextualisés, repris par les médias sans scrupule.

— Je l'ignorais…

— De vous à moi, je suis prête à tout sauf à subir cela. Cela vous rassure-t-il ?

— Que voulez-vous dire ?

Sur le ton de la confidence madame se livra :

— Vous l'ignorez évidemment mais l'un de mes fils a défrayé la chronique lorsque jeune homme, il flambait sa vie et dilapidait notre fortune. A chaque publication, je ne savais plus où me terrer. Dernière conquête, dernière voiture… Tout apparaissait étalé dans la presse. D'un geste de la main elle balaye l'air comme pour éloigner ces souvenirs désagréables. Imaginez donc mon agacement dès le petit-déjeuner avec tous ces gros titres…

— J'imagine très bien votre contrariété à ne pouvoir démarrer vos journées en paix.

Je garde pour moi le refrain de Stephan Eicher qui me passe par la tête.

— Mon défunt mari a menacé de lui couper les vivres… En une année tout est rentré dans l'ordre. Pour le moins, il a su sauver les apparences… Il s'est marié, a divorcé ensuite sans avoir eu d'enfant. Mais depuis, certains déboires, plus probablement l'alcool, ont fait leur œuvre. Les recommandations de son médecin suffisent à l'assagir. Des quatre, c'était le plus beau. Un ange ! Aujourd'hui il est méconnaissable, décati, bouffi.

— Peut-être avez-vous tout de même des petits enfants ?

— Ma fille aînée Constance est partie au Canada où, après une adolescence chaotique, elle a mené ses études et une belle carrière d'architecte d'intérieur. Garance vit en Australie et se consacre à la cause des Aborigènes. Elle et moi sommes passées l'une à côté de l'autre et n'avons fait que nous chamailler. Des femmes de tête, entières, sans concessions, généreuses, dévouées aux autres, au point de s'oublier. Ni l'une ni l'autre n'ont eu d'enfant.

— Vous devez être fière de leurs parcours indépendants.

— Plus jeune, je vous avoue l'avoir beaucoup été… mais ce qui compte a changé maintenant. Mon cadet est resté à Zürich. Sa vie avait tout pour le combler puis une maladie rare s'est emparée de lui. Ironie ! Voir son enfant décliner depuis une décennie quand mes vieux os me rappellent chaque jour que mon temps a bien assez duré. Il a perdu toute autonomie. Dorénavant il vit dans une maison spécialisée. Parfois il lui arrive de me reconnaitre mais la plupart du temps il s'adresse à une inconnue. La première fois fut une déflagration, le sol tanguait. Et puis on s'habitue à tout…

— Je suis sincèrement désolée.

— La vie des femmes est ainsi faite ! Tel un astre, on orchestre pendant des décennies le quotidien de tous nos satellites, nos chéris, nos soleils. Vient un matin où nos trésors s'enfuient vers un horizon lointain. Heureusement on ne sait jamais si la potion sera sucrée ou amère. Remarquez, je n'ai pas à me plaindre, annonce-t-elle en balayant la pièce du regard. Cette villa avec ses secrets bien gardés est mon havre. Savez-vous qu'au fond du parc coule une petite cascade ? J'ai pour habitude de m'y hasarder avant de prendre la moindre décision.

— Mais pour en revenir aux tableaux que vous évoquez, je pourrais vous dire qu'ils ne me disent rien, ou encore qu'ils ont disparu, qu'ils ont été volés, ou que nous les avons vendus. Toutefois, je ne jouerai pas ce jeu de dupe et reconnais les avoir vus pour la première fois dans le bureau de mon beau-père, il y a de cela fort longtemps. À son décès, ses effets personnels…

Une quinte de toux l'empêche d'achever sa phrase. Je lui sers un verre d'eau mais hésite à interrompre ses explications.

— … Mais votre démarche me touche, mon enfant. C'est peut-être ce lien étroit que vous avez dépeint avec vos grands-parents qui m'émeut. Cette obstination que vous avez à ne pas les oublier, ni leurs proches, ni ce qu'ils subirent, et l'énergie farouche que vous déployez à restaurer la vérité, aussi laide soit-elle.

— Je vous remercie de votre compréhension.

— Voyez-vous, ici comme en Allemagne, je veux dire en Suisse, ce sujet déplait tout autant que l'évocation des restitutions et réparations. Pour ainsi dire nous ne l'abordons jamais, que ce soit en société, ou petit cercle…Et Dieu sait combien d'entre nous sont concernés parmi mes amis !

— Si je puis me permettre, il en est probablement de même du sort de ces enfants forçats, recueillis, placés par milliers dans des fermes jusqu'aux années 1980…

— C'est exact. Or cela me dérange quelque peu. Aussi je souhaiterais agir au mieux. Simplement essayer de bien faire dirons-nous. Quand repartez-vous ?

— Je n'ai encore rien décidé mais le plus tôt serait le mieux…

— Alors, repassez me voir demain matin Mademoiselle. Accordez-moi ce délai de réflexion. Il m'est nécessaire pour prendre la décision vers laquelle je tends.

Interloquée je me lève, partagée entre le soulagement d'avoir pu rencontrer aussi facilement cette femme abordable et le soupçon d'inquiétude d'être poliment éconduite, tel un nuage menaçant l'horizon.

Et si elle me menait en bateau, me bernait avec grâce et gentillesse pour mieux se débarrasser de moi ? Et si demain, je trouvais porte close ?

De retour vers mon hôtel, je songe aux propos de Marianne évoquant l'énigme française, non résolue à ce jour par les historiens. Comment se fait-il que, de tous les pays occupés, la France soit celui dans lequel il y eut le pourcentage le plus faible de déportations ?

Aussi monstrueux que soit le chiffre, 25% des Juifs, il n'en reste pas moins le plus bas de toute l'Europe. Tous en Pologne périrent, 80% aux Pays-Bas, 50% en Belgique…

Comment expliquer que 75% des Juifs en France survécurent, dans un pays occupé militairement dès novembre 1942 ? Comment tenir jour après jour ? Par la somme de petits gestes de solidarité, une entraide anonyme, expression d'une désapprobation globale des persécutions et rafles ? Une part non négligeable de la société qui, au quotidien, oppose silencieusement aux lois raciales, de menues actions de soutien ? Une dissociation entre le comportement de l'Etat, le gouvernement de Vichy, et celui des Français qui, en 1942, ont protesté par les voix du Président du Sénat, du Président de l'Assemblée nationale, et celle de l'Eglise ? Fait unique en Europe.

J'y puise les graines d'espoir dont j'ai besoin.

Chapitre 34

Suisse, le murmure de la cascade

« Qu'est-ce pour nous, mon cœur » Rimbaud

Mon hôtesse m'accueille avec plus de chaleur cette fois-ci et m'invite à la suivre dans le vestibule.

En le traversant j'observe furtivement sur un monumental miroir les veinures teintées. Ruisselantes gouttes d'argent, de cuivre, formes fantastiques et paysages imaginaires se déploient sur le fragile étain, grignotant mon reflet incomplet. Le scintillement du lac non loin joue avec la lumière, créant de curieux reflets. Combien de visages inquiets ou resplendissants ont cherché à s'y contempler ? Une femme se recoiffant, un père hissant son enfant, la jeunesse au regard furtif, la vieillesse qui scrute les ans le regard fuyant.

Nous montons un large escalier sur deux niveaux puis empruntons un étroit corridor et quelques marches dissimulées derrière un panneau aux étagères couvertes de livres. Surprise, je découvre alors un long grenier d'une douzaine de mètres sans le moindre grain de poussière. L'ensemble évoque davantage une brocante chic, voire un musée, qu'un amoncellement de bric et de broc abandonnés. Manteaux, visons, porcelaines et vases sous vitrines, chaises, malles, tables, fauteuils, armoires, ne laissent aucune place au désordre. De l'unique lucarne ne parvient qu'un faible halo dans lequel dansent quelques particules. Des fragments de vies accumulés, réunis dans un sarcophage clos, jalousement gardé et entretenu.

Soudain, étourdie par tout cet étalage, je le vois. Il est là, saisissant.

Appuyé contre un mur, la tête à l'envers depuis des décennies probablement, il attend. Mon cœur s'emballe. Je reconnais immédiatement les lèvres si singulièrement peintes, deux corolles charnues se rejoignant. Sa matière me parle, m'appelle, la touche du maitre aisément identifiable. Je m'approche de lui, m'apprête à le redresser lorsque je réalise qu'il n'est pas seul. Quatre autres cadres sont empilés derrière lui, toiles tout aussi nues. J'oscille entre deux mondes et ne parviens à croire ce qui m'arrive. Ne serais-je pas en plein rêve éveillé ?

Dans le train du retour, la scène de cette découverte me parait encore surréaliste et pourtant elle a bien eu lieu. Sans un mot madame Falcher s'est penchée, a attrapé le Cézanne et me l'a remis. Acte de contrition, cette restitution a-t-elle pour vertu d'alléger sa conscience ? Quels mots lui a soufflé la cascade dans un chant mélodieux ?

Bien empaqueté il voyage à mes côtés. Ma main ne lâche pas celle de Paul. Et chaque fois que je me la raconte, le film se rembobine plan à plan dans un même enchainement, sans que le chef opérateur n'ait apporté la moindre modification. Avec netteté et précision, je revis à l'infini ces retrouvailles merveilleuses tant espérées. Mon cœur s'emballe alors à nouveau ; il palpite étrangement à l'instant où mes yeux se posent pour la millième fois sur le grand cadre posé à même le sol.

Quelques secondes d'un moment extraordinaire marquant à tout jamais l'ordinaire des mois et des années qui suivront. Fulgurance. L'éclat irradiant des flammes s'élevant dans les cieux verdoyants, cerclés de montagnes sacrées. Feux de Laponie après le crépuscule. Mon pays d'adoption.

De trésors regorgent les greniers

Du lac de Constance aux régions reculées

Un siècle a passé, ils y reposent pour l’éternité.

Chapitre 35

Charlotte

Quelques pas encore et je vais retrouver mon amie Charlotte après une longue séparation. Elle m'aperçoit la première et me hèle.

— Cela n'a pas l'air d'aller ma Lolotte ! Tu avais une drôle de voix au téléphone.

Je m'aperçois alors de la pâleur de son teint. Ses lèvres crispées tremblent. Habituellement, Charlotte a un sourire à tomber, de ceux qui font se taire instantanément une salle lorsqu'elle paraît, de ceux qui enflammaient nos jeux de gamines.

— Je te le confirme… je me sens épuisée, vidée, me confie-t-elle dans un soupir avant de s'effondrer dans mes bras sur le trottoir, au milieu des passants qui nous évitent. Surprise, je la serre aussi fort que je le peux.

— Maintenant que suis là, tu vas tout me dire. Je n'arrivais plus à te joindre ces dernières semaines. Allons-nous installer à la terrasse là-bas.

Arrimées l'une à l'autre nous traversons le boulevard bruyant sans un mot, indifférentes à la cacophonie environnante. La mine déconfite, les yeux rougis, mon amie s'affale sur la banquette bleue, fragile hellébore qui ploie sous une pluie drue.

— Si tu savais, je n'en peux plus de mes horaires…Figure-toi que ma dernière garde a duré douze heures.

— Cela a recommencé ?

— Oui, j'ai tenu avec une pomme ! Douze heures sans la moindre pause. C'est fou ! Un master pour de telles conditions. Un cauchemar. Toujours sur le fil.

— Que s'est-il passé ?

— J'étais seule dans le service. Seule avec vingt-huit patientes. Je me trouvais en salle d'accouchement, et ça sonnait de partout. Parfois je sauve l'enfant in extremis. Parfois la mère. Parfois non. C'est avec la chance, comme une bonne étoile, que je récupère des situations. Je cours. Je sprinte…

— La question c'est jusqu'à quand ce marathon ? Combien de temps vas-tu tenir ma Lolotte ?

Une larme ruisselle sur sa joue.

— C'est encore pire que la dernière fois ! Elle étouffe un sanglot.

Je mesure bien tardivement le degré de mal-être de Charlotte après une première alarme, il y a quelques mois. Une vague puissante. Une déferlante qui menace à nouveau de l'emporter.

Elle découvre ses avant-bras.

— Hier je me suis dit que franchement ça n'en valait pas la peine. Tout ce stress. Regarde ça, je suis couverte d'exéma. J'ai des palpitations, des hémorroïdes. Bonjour le tableau à mon âge ! Je vais finir comment ? En vieille bique rabougrie ?

— Je te rassure. On n'en est pas là Charlotte, lui dis-je en ramenant en arrière une mèche de sa splendide chevelure rousse. Mais nous allons réagir !

— Il y a aussi toute cette paperasse qui ne fait que grossir, des heures de secrétariat chaque jour. J'avais pourtant choisi « carrière médicale ». Elle balaie l'air de sa main.

— Que comptes-tu faire ? Mon avis est qu'à ce stade de survie, tu dois penser à toi avant tout, sauver ta peau Charlotte.

— Pourtant je l'aime ce métier, je l'aimais. Enfin je ne sais plus.

Elle prend une profonde inspiration, se redresse et me sonde de son regard bouleversant que les larmes font ressembler à deux lacs profonds de montagne.

— J'étais tellement heureuse pour toi lors des résultats de première année. Ta joie, ton sourire qui mangeait le monde…Tu touchais enfin au but.

— En fait, je crois que je l'aime, mais pas comme ça.

— Je vois. On est bien loin de ton rêve d'adolescente…

— C'est de l'abattage. Or je m'étais imaginé tout autre chose, notamment avoir le temps de construire un lien avec les mères. Avoir le temps de les aider à développer le leur avec leur enfant. Respecter leurs corps, tous les corps. Prendre le temps d'échanger. Aider pour la mise en route de l'allaitement. Encourager. Rassurer. Les écouter vraiment…

— Et tu ne fais rien de tout cela ?

— C'est absolument impossible toute seule. Pas le temps. Jamais le temps. Je vais laisser tomber ? Le ton de sa question oscille entre aveu et résignation.

— Que souhaites-tu vraiment ? As-tu pris le temps de le cerner ?

— Je rêve d'être en équipe, dans un pôle de santé.

— Pas d’un cabinet pour toi, tranquille ?

— Et bien avec toute la paperasse à faire en solo et les cinq cents caisses d’assurance des patientes...c’est encore des heures de secrétariat à faire chaque soir.

— C’est fou ! Tu vas jeter l’éponge ! Toi ?

— Oui, sauver ma peau. C’est bien ce que tu me conseilles, non ? L’eau du bain et le bébé avec !

Ce matin je ne m’attendais pas du tout à cela. Entendre ma meilleure amie renoncer à son projet de jeunesse. Mais elle a raison d’agir avant le burn-out qu’elle touche déjà du doigt. Une idée me traverse l’esprit.

— Et pourquoi n’exercerais-tu pas dans une maison de naissance ?

— Je me suis carrément plantée, en beauté, sur toute la ligne. Je me réoriente ?

— Du style ?

— Je ne sais pas trop. Peut-être graphologue, sophrologue… Un patient à la fois, le calme… Quel luxe ! Crois-tu que ça m’irait ?

— Je n’en ai aucun doute ! Tu es douée avec le contact humain et l’écoute de l’autre. Et ce sont d’autres formes de soin. Effectivement au point où tu en es, ça vaut peut-être le coup de se renseigner sur les formations.

— Quelle farce tout de même ! S’investir sans relâche, bosser à fond des années, décrocher le job de ses rêves…avant la douche froide.

— Oui, quelle désillusion ! Toi qui t’es tellement accrochée pour réussir la première année de médecine.

— Ah oui, tu te souviens de ma bête noire ?

Un demi sourire éclaire son visage et me redonne espoir.

— Bon ma Lolotte tu ne vas pas rester comme ça. Es-tu libre demain ?

— Oui j'ai même une semaine devant moi pour souffler un peu. Et toi ?

— Alors ce soir pâtes au pesto chez Luigi. Demain on se renseigne sur toutes les formations envisageables.

— C'est si bon de se laisser prendre par la main, soupire-t-elle, de t'avoir près de moi Elo. Que ferais-je sans toi ? Un lumineux sourire s'accroche enfin à ses lèvres délicates révélant la fossette qu'Eloïse lui a toujours enviée.

— T'inquiète ! Elles s'attrapent les mains par-dessus la table. Les amis servent à ça ! Il y a forcément des perspectives à imaginer, des possibles à créer. Souviens-toi : « La vie est une aventure audacieuse…

— ou elle n'est rien. Helen Keller », terminent-elles en chœur, unies comme lorsqu'adolescentes elles dévoraient et commentaient les livres qu'elles se prêtaient et annotaient de leurs écritures cryptées.

— Je ne t'ai pas demandé de nouvelles de Marco…

— Une histoire faite de fumée évanescente. On se croise. Toujours en déplacement. Une étincelle puis pfft. Son corps. Sa peau. Des mouvements. Puis il repart, me restent alors son odeur, un tee-shirt sur le lit… Je trouve des petits mots au réveil que je collectionne tels des papillons sur les murs... Parle-moi plutôt de toi maintenant. Certainement du nouveau côté cœur, je le devine…

— En plein dans le mille. Comment te dire ?

— Mais je t'écoute et j'ai tout mon temps !

— Très franchement ce que je vis ressemble à un séisme. Rien de moins.

— Humm ! Très intéressant ! Et sur l'échelle de Richter ça donnerait quoi ? lui demande-t-elle d'un air malicieux.

— Alors sans hésitation, magnitude 9 ! Elle sent ses joues s'empourprer.

— Ah oui, oh là là ! Tout de même !

— Ce soir je te raconterai tout ! Le sol qui tangue, la rue qui danse, le pouls qui accélère, un léger vertige, la vue qui se brouille. L'évidente attirance.

— Vivre fort ! Toujours fidèle à ton crédo dis-moi.

— Pas de regrets, pas le temps…la vie quoi !

— Tu m'impressionneras toujours Elo par ta capacité à rebondir ! Ta force ! D'aucuns diraient que dans une autre vie tu possédais les secrets des chamanes ou des sorcières. Quel est donc ce fluide qui coule en toi ? Un héritage ?

— Allons plutôt retrouver Luigi et ses délices ! J'ai une faim de loup et une petite marche nous fera du bien ma belle.

— Je suis tellement heureuse pour toi. Les yeux de Charlotte pétillent tant que l'émotion me submerge un instant. Je la retrouve, mon double, mon inspiration, mon admiration, ma sœur de cœur chérie.

En chemin, Eloïse repense un instant à cette confidence désarmante que lui avait faite son amie collégienne sitôt rencontrée, évoquant sa grand-mère si différente de Mamilou. Une femme dévastée, neurasthénique, sans aucune appétence pour la vie, portée, supportée, toujours soutenue par son époux et incapable de se prendre en charge. Une feuille portée par le vent au gré des tumultes et bourrasques de son humeur. Crainte terrible d'une jeune fille, confiée à sa nouvelle amie un soir d'été, celle d'avoir hérité de cette spirale météorologique infernale. Un ouragan déclenché par la déportation des siens.

Depuis, elle se demandait si se logeait dans le cerveau des descendants une quelconque trace traumatique expliquant une difficulté à vivre, une marée noire reflet de la laideur apocalyptique. Une faille. Un arbre généalogique poussé au bord d'un précipice, racines exposées à l'air au sommet de la falaise.

— Ah j'oubliais, je ne t'ai pas parlé de ma tante…

— Celle dont j'ai fait la connaissance l'an dernier ?

— Oui, Irène. Tu ne devineras jamais…

— Une bonne nouvelle au moins ? Si je me souviens bien elle aussi envisageait de démissionner de son poste, non ?

— Exact ! Elle l'a fait. Fini la servitude, corvéable à merci. Mais ce n'est pas tout, elle a opéré un changement radical, déménagé dans la foulée, changé de région et m'invite à venir passer les jours qui viennent chez elle à la campagne. Veux-tu m'accompagner ?

— Où est-ce ?

— Un îlot de verdure léché par les vagues dans le Cotentin.

— Elle s'y plaît au moins ?

— Oh que oui ! Elle revit. Figure-toi qu'elle est amoureuse et s'est installée chez l'élu de son cœur.

— Elle ne perd pas de temps !

— Coup de foudre pour Victor, à peine arrivée sur son nouveau poste.

— Un infirmier ?

— Pas du tout, un visiteur qui passait par là pour la toute première fois. Une longue histoire, un premier baiser échangé au pied de la cascade du Vast… Allez, tu m'accompagnes ?

Chapitre 36

La Fauconnerie

J'ai 15 ans,
Un détonateur au cœur,
Funambule,
Je marche sur un fil.

Hier, dans l'écurie, j'ai trouvé caché derrière la stalle, un vieux carnet de cuir, qui sent bon la paille. Comme une voleuse, je l'ai glissé dans la poche de mon blouson. Moi aussi j'ai un carnet que m'a offert Abigaïl lorsque je vivais chez elle en Irlande. Des trèfles ornent chaque page cornée et me rappellent la lande.

Victor a compris qu'il est vital pour moi de venir tous les jours ici, de me réfugier au bord de la cascade, de soigner Cannelle. Il a décelé la fêlure.

— Tu sais, Lou, considère que tu n'as pas à nous prévenir de tes horaires de passages. Ici tu es chez toi. D'ailleurs si tu le veux bien tu dîneras avec nous ce soir. Irène te ramènera ensuite en voiture. Sa nièce Charlotte arrive dans la soirée avec une copine. Tu verras de la jeunesse !

Je ne lui ai rien répondu. Les mots ne venaient pas. La main tenant la brosse en suspens, je l'ai remercié d'un hochement du menton. En caressant les naseaux de la jument il a lancé comme une énigme, avant de me quitter :

— Elle aussi a échappé à l'abattoir !

Je ne sais s'il parlait de lui, de moi, ou de nous deux. Ignorant son allusion, j'ai continué à soigner la jument. Lorsque je la caresse très longuement, elle se laisse faire, et je vois à son regard qu'elle aime ce moment. Le cheval est un animal tellement sensible que si son cavalier est stressé, son pouls s'accélère.

Ici nous sommes bien toutes les deux, un havre où la lumière du jour repousse les ailes du ciel obscur pour toujours, où les baignades dans les eaux vives de la cascade me lavent de mes démons, du ravin de la nuit de mes pensées. Les deux chutes d'eau pulvérisent mes peurs avec fracas, les réduisent en mille fragments, en poussières d'atomes.

Irène et lui, je les adore. C'est comme avec les bêtes, dès notre première rencontre le courant est passé de suite. D'elle je dirais que le feu de ses pupilles dorées ressemble à un feu de bois qui réchauffe le cœur le plus gelé. A chacun de ses sourires, une fossette dessine sur sa joue rose une fleur des champs. Elle et Victor sont arrivés à la ferme, la Fauconnerie, pendant mon séjour à Cork.

Comment expliquer que des individus qui ne se connaissaient pas il y a peu s'apprécient immédiatement, intensément, irréversiblement ? Comme liés depuis toujours. Comme s'ils se retrouvaient enfin, après s'être perdus et cherchés depuis la nuit des temps ?

À l'hôpital, j'ai eu la chance de rencontrer deux garçons très différents que la vie n'a pas épargné. Pourtant il émanait d'eux une infinie gentillesse. L'un avait l'air d'un bouton d'or égaré dans une rivière.

Joris, longiligne, aux oreilles de faune, n'a connu que des familles d'accueil qui se sont succédées comme les saisons dans son paysage d'enfant. Lui ne demandait qu'à rester mais n'avait jamais son mot à dire lors des placements successifs. En dépit de son attachement, ou à cause de celui-ci peut-être, personne ne se souciait de son avis pour l'arracher de chaque foyer. Une feuille morte emportée, balayée par le vent.

Morgane c'est autre chose. Une armoire. Un regard d'éclats de verre d'obsidienne. Il bout encore de l'intérieur pour tous les coups reçus et non rendus. Un volcan au bord de l'explosion. Pourtant avec sa souris Mimi sur l'épaule il me faisait bien rire. Il lui parle comme si c'était la reine-mère !

Avec du recul, je mesure ma chance. Rien de comparable. J'avais tout. J'ai tout. Une famille aimante, des amis, des passions, mais le sol s'est brutalement dérobé, telle une faille sismique. La ride médio-atlantique dans le corps d'une ado tiraillée entre l'enfance et le monde adulte chaotique. Un gouffre. Trop de pression. Trop d'enjeux. De mauvaises rencontres. Une en particulier. Pas le bon copain. Et surtout un duo infernal de filles, les pestes de l'internat qui ont bien failli avoir ma peau. Tranquillement, je m'installe sur une botte de paille, respire l'odeur familière d'herbe sèche et ouvre la première page sur laquelle est inscrit d'une belle écriture penchée :

« Jean 1951 à 1954 ».

Chapitre 37

Cahier de Jean

Août 1951

Je suis de retour ma belle Louise, ma flamme, ma lumière, ma paix, ma joie ! J'ai perdu la notion du temps au goulag. Là-bas, en Sibérie orientale, bien au-delà des montagnes de l'Oural, existe un pays aux terres gelées d'où l'on ne revient pas. En Yakoutie toutes les langues du monde se côtoient, une tour de Babel tel un immense donjon cerclé d'une chemise de marécage, fossé de prison d'où personne ne s'évade.

Janvier 1952

Je recommence ma vie !

J'aimerais te dire que je la reprends où je l'avais laissée mais ce serait mentir. Neuf années d'absence. Cent huit mois. Le jeune homme fougueux que j'étais, amoureux de la vie, de la poésie, a perdu toutes ses plumes dans les steppes sibériennes. Au retour je flottais dans mes loques, crachait mes poumons et depuis, à ton grand désespoir je demeure obstinément mutique.

Les sons, tels des cailloux aux angles coupants, refusent de franchir mes lèvres scellées. Devant le miroir j'ai l'air d'un clown éructant des borborygmes.

Je n'ose imaginer la surprise que fut mon apparition dans la cour !

Point de fringant marié,

Edenté poitrinaire,

Tes rêves envolés.

Avril 1952

En m'offrant ce carnet, tu m'as demandé de t'expliquer ce que j'ai vécu en Sibérie orientale, espérant peut-être me débarrasser de mes fantômes. Des millions d'esclaves, un flux continu d'hommes, de femmes et d'enfants fournissant une main d'œuvre intarissable pour la construction de canaux, de voies de chemin de fer, l'exploitation des gisements d'or de la Kolyma. Insignifiants, au regard du redressement économique de la puissante Russie d'antan.

J'ignore la date où commencèrent ces vagues d'arrestations pour servir les rêves de grandeur de Staline. Ah, « le petit père des peuples » ! Lorsque les Russes ont embarqué tous les prisonniers de mon camp en Allemagne, j'ai naïvement cru à notre libération. Quel benêt ! Quel sot je fus !

Cet être immoral, ignoble a désavoué les accords de Potsdam. Des jours et des jours de marche forcée à pied, des centaines de kilomètres parcourus en colonnes. Debout ou liquidé. Deux mois de train vers l'est, toujours plus à l'est. Une succession de levers de soleil anéantissant mon possible retour, m'éloignant toujours plus de toi. Plus tard, en terre hostile, gelée, le bateau nous attendait, chargé d'une cargaison d'affamés.

Du bétail, ce à quoi ils réduisent les Zeks,

Forçats, bagnards aux visages de marbre sec.

Liquidation, épuration, exécution,

Déportation.

Combien étions-nous de millions de prisonniers victimes du régime stalinien ? Opposants politiques, prisonniers de droit commun pour le simple vol d'un quignon de pain, individus raflés dans les pays traversés par l'armée soviétique, Pologne, Estonie, Lituanie, Moldavie, Biélorussie, Ukraine, Allemagne, Balkans, Japon…

Juillet 1952

Dans une Russie exsangue peuplée de femmes errantes, de veuves, de pauvres, une grande terreur s'est installée. La police, le NKVD, se charge de purifier la société soviétique de ses élites politiques, économiques, militaires, généraux, officiers, cadres, militants déchus, leurs familles condamnées aux camps.

L'une d'elle s'appelle Macha. Ma petite mère des bois isolée en pleine forêt. Celle qui a perdu son fils, son homme, ses biens, m'a abrité dans sa cabane, m'a recueilli comme un fils, a pansé mes plaies jour après jour dans le plus grand dénuement. Sans elle, je ne serais plus de ce monde. Dans ma fuite, en pleine taïga, j'ai traversé des vallées, des montagnes et des lacs gelés, dormant dans des trous de neige recouverts de branchages pour me dissimuler des ours, des loups et autres bêtes sauvages. Rimbaud et Baudelaire pour amis m'ont mille fois chuchoté que j'étais des leurs. Un homme.

Le goulag n'est autre qu'un système concentrationnaire, une industrie pénitentiaire phénoménale. Des bagnes dans lesquels le droit humain est aboli. De mémoire je te trace une carte des grands chantiers et infrastructures qui par moins quarante ou moins cinquante degrés exploitent des centaines de milliers de bagnards : le canal de la Volga à Moscou, Belbaltag et son canal de la Baltique à la Mer blanche, Karlag, Siblag et ses mines de charbon, les routes et voies ferrées de Dallag, Bamlag et sa ligne de chemin de fer du lac Baïkal au fleuve Amour. Drôle de nom au pays de Dante !

De la Kolyma, je n'oublierai le sol pavé d'ossements.

Comment te dire que nous grattions la terre à même nos mains ? Comment te parler de ces femmes qui travaillent comme les hommes et en plus sont soumises aux surveillants au point que d'infâmes maisons de naissance existent en ces lieux maudits. Toute la journée, elles chargent des wagonnets, creusent et transportent la terre, abattent des pins la neige à la taille, débitent les troncs. Le soir griffu s'abat sur elle ; la nuit ignoble s'empare de leurs corps las.

Disette, famine, surpeuplement, puanteur, répression, maladie, froid, sévices, poux, typhus, choléra…

Dans les pages des journaux que tu as conservés, espérant mon retour, figure un fier dictateur moustachu sanguinaire, artisan de la victoire aux côtés des démocraties. Fier, il peut l'être ! J'ai découvert qu'en 1945, l'armée Rouge au fait de sa puissance occupait la moitié de l'Europe. L'avons-nous si vite oublié ? Staline fait la une de l'Humanité, « Gloire au maréchal Staline », alors que chaque jour les balles pleuvent par milliers sur les nuques de ses opposants, des grêlons de feu réduisant au silence toute âme dissidente. Exécution ou déportation. Et aujourd'hui ?

Décembre 1952

Je m'interroge sur le mur de mensonge, d'indifférence, érigé par une presse qui défend un système totalitaire aussi abject. Complaisance crasse menée par des intellectuels atteints de cécité. L'hebdomadaire Les Lettres françaises accuse Viktor Kravchenko d'être un agent américain car lors d'une mission aux Etats-Unis il a demandé asile en dénonçant dès 1946 l'horreur du système soviétique. Qui sont les traitres ? Ce témoin de la famine dans la paysannerie ukrainienne, résultante de la collectivisation forcée en Union soviétique, a tenté d'alerter en vain, telle Cassandre.

Je suis effrayé du prestige dont jouissent l'URSS, et Staline, auréolé d'une gloire qui aveugle le monde, et l'empêche de mesurer l'étendue et le degré de déshumanisation du goulag, un enfermement présenté comme humaniste, « de rééducation par le travail pour les traitres à la patrie » !

Outil intemporel des dictatures, monstres assoiffés s'abreuvant aux veines d'un sentiment nationaliste.

Dans des baraquements alignés, les hommes sont entassés sur des châlits à quatre ou cinq. Malgré le froid, l'odeur y est pestilentielle. Au dehors, une planche surélevée figure la rue du camp menant à la place d'appel. Deux fois par jour on nous compte comme des insectes. Une soupe immonde, une eau marronasse, pour tout repas.

Janvier 1953

Ma chère Louise je m'adresse à toi toujours accompagné, je ne puis le nier. Les regards de ces malheureux ne me quittent pas. Les milliers de kilomètres parcourus ne pourront éloigner ceux qui me hantent à chaque instant.

Passé et présent s'entremêlent à jamais.

En observant les kilomètres de fils de barbelés, les miradors, la zone de cinq mètres infranchissables nous encerclant, j'ai rêvé tant de fois de m'évader. Tant de fois j'ai vu exécutés ceux qui s'y aventuraient jusqu'à cette nuit de pleine lune où le cœur battant je me suis faufilé au dehors, muni de la pince coupante volée sur un chantier plusieurs semaines auparavant. Je craignais les chiens en sectionnant sur trois rangs les fils de fer de barbelé. Ensuite je me souviens avoir couru comme je n'ai jamais couru jusqu'à ressentir la brûlure du plomb fondu qui ne quitte plus mes poumons. Chaque minute comptait. Traqué. Toujours plus à l'Ouest.

Sauver ma peau, te retrouver ma douce Louise.

Derrière moi : entrepôt, dortoir châlits, paille, mirador, baraquements, terrain d'appel, prison, cachot, potence, lavoirs, douche, désinfection, cuisine, cantine, magasin à provisions, soupe, latrine, atelier. Mes camarades d'infortune accompagnent chacune de mes pensées, chacun de mes pas, serpentent d'une idée à l'autre, surgissent par surprise comme ces personnages montés sur ressort dans les boites pour enfant.

Leur sort me coupe le souffle, et plus encore l'insensibilité du monde contemporain à leur égard. Denrée insignifiante. Ce désintéressement, cet abandon confine à l'aveuglement. Sur Terre une poignée de démocraties cernées de régimes totalitaires.

J'ai retrouvé ma liberté, où je veux je peux aller,

Les coups pleuvent sur leurs corps abîmés.

Mars 1953

Ce matin de printemps, je songe à deux enfants blonds qui de leurs rires cristallins, dans la grange où je m'étais caché, ont éclairé ma longue fuite. Je songe aux gamins des docks se précipitant sur une orange.

De clairières en forêts j'ai poursuivi des mois entiers la traversée de ce pays maudit jusqu'à ce que j'entende un cri strident, suffocant de désespoir. Je n'aurais pas imaginé réussir à monter dans cette locomotive à temps. Epuisé, je capitulais jusqu'à ce qu'une pulsion m'enjoigne à tenter le tout pour le tout. M'extraire de ces paysages blancs désolants. Déjouant l'attention des gardes, c'est caché dans un wagon rempli de caisses de vodka et de sac de jutes emplis de betteraves que je suis arrivé à Odessa après un long voyage.

Dans la campagne environnante je me suis réfugié chez un géant. Oui comme dans les contes, ils existent, je te l'assure. Imagine que je n'étais guère plus grand qu'un enfant à côté de cet homme qui m'a ouvert son foyer. Olga et Igor m'ont logé, nourri en échange du travail que j'effectuais dans leur ferme. A l'aide de carte dessinées ils m'ont décrit mon itinéraire vers Istambul puis Sofia.

Je suis de retour ma belle Louise, ma flamme, ma lumière, ma joie !

Du plus lointain que je me souvienne,

J'ai prié, supplié que tu sois mienne.

Istambul. Frayeur. Cerné par cinq soldats indécis. Frayeur dans le train pour Sofia. J'ai feint de dormir en laissant sur la banquette les papiers volés au surveillant des toilettes de la gare. L'arbitraire pour juge de ma vie.

Le monde a poursuivi sa course,

Je suis resté au bord du chemin

À regarder passer les chevaux du destin.

De Sofia je n'ai rien vu, poursuivant ma folle course vers l'ouest. Il faut que je te parle d'un homme extraordinaire, un médecin, Max. A lui aussi je dois ce retour.

Décembre 1953

Toi qui me trouvais si fort. Je n'ai plus que la peau sur les os. Ma toux empire tel un nuage sombre qui ne présage rien de bon. Nous formions un couple si bien assorti. J'ai l'air d'un pépé tout tordu aux doigts noueux.

J'essaie de faire ma part à la ferme, de menus travaux mais force et endurance me manquent. Sans souffle, Hercule n'est plus. Le chagrin s'empare de moi lorsque je contemple la photo que tu chéris tant. La fureur aussi. L'abattement. Plusieurs décennies semblent être passées sur ma personne quand vous trois avez assez si peu changé.

Louise tu demeures ma flamme.

Chacun de mes pas me rappelle ces neuf années qui ont ravagé mon corps, attaqué mes bronches, déformé mes mains, courbé mon dos. Membres tordus telles les branches mortes d'un arbre vacillant. Je décline, comme ce vieux monde dont l'actualité m'interroge. J'apprends que le gouvernement de la République fédérale d'Allemagne négocie toujours le rapatriement de ses prisonniers.

Un million de citoyens soviétiques d'origine allemande, déportés pendant la guerre, ont quitté les villages d'exil.

Avril 1954

J'ai appris que le Japon a mené plus d'une décennie d'intenses tractations pour faire revenir chaque mois un navire de mille hommes, infime goutte d'eau au regard de leurs six cent mille compatriotes minutieusement comptés, identifiés, recherchés, prisonniers eux aussi des goulags.

Pas un mot sur les nôtres abandonnés en Sibérie. Combien ? Silence. Pas une ligne, pas un chiffre. Rien. Moins que rien. Oubli complet de ces jeunes Français quand en dehors de nos frontières, discussions, dénombrements, listes, pactes et accords se jouent avec acharnement, depuis tant d'années. Le néant pour tout horizon.

Septembre 1954

Hier en faisant la queue au marché j'ai entendu la conversation d'un Mosellan venu voir une cousine. Ulrich expliquait n'avoir aucune nouvelle de son frère aîné et de sa bande de copains Jacques, Maurice et Karl embrigadés de force à seize ans, contraints d'endosser l'uniforme SS pour éviter à leurs familles, à leurs petits frères et sœurs, arrestations et déportations. Alsaciens et Mosellans furent envoyés combattre sur le front de l'Est.

Telle une déferlante, l'armée rouge, en retrait, a emporté tous les prisonniers aptes au travail de ce front.

Une vague immense, sans reflux, emportant bras et jambes par milliers, au service de l'industrie soviétique. Un aller simple !

D'un autre côté un retour impossible après les atrocités commises, qui plus est avec au pouvoir des ministres conciliants, communistes, prônant un rapprochement franco-russe ! Le silence plutôt que la guerre civile. Une guerre rebat les cartes des destins individuels de façon inimaginable, improbable. À défaut de faire du cas par cas, fermer les yeux est peut-être l'option choisie en haut lieu. Tourner une page de notre histoire. Ablation de ma génération. Amputation.

Ensuite, le petit Joe m'a servi et je n'ai pu entendre la suite. Une autre histoire que celui-là. C'est toi ma Louise qui m'a appris que sa mère a accouché en juin 44 dans une haie toute proche avec pour sage-femme, un GI'S !

C'est difficile à imaginer m'as-tu dit mais lors du débarquement il n'y avait plus un seul lit de libre où que ce soit, ni dans les fermes, ni à l'hôpital. Les gens dormaient sur la paille.

J'aime quand tu me racontes dans les moindres détails ces cent vingt mois de séparation ; moi tentant de garder l'équilibre sur une lointaine berge gelée du fleuve de notre amour, toi sans nouvelle, inquiète de ce si long silence mais portée par un espoir inébranlable.

Octobre 1954

Tout près d'ici, à La Pernelle, le maire veut faire retirer la tombe d'un autre GI'S au pied de l'église. Ce dernier a violé sa fille. Le père bien décidé à faire connaitre son point de vue souhaiterait poser une plaque explicative sur le mur.

Des histoires il y en a tant et tant ma chère Louise !

Je ne parle plus mais cela ne m'empêche ni d'écouter, ni de recueillir d'étranges confidences. Alain, le commis agriculteur venu prêter main forte pour la moisson le mois dernier, a vécu deux vies dans sa vie. Une vie française et une autre de cinq années en Allemagne :

Pendant la guerre il y travaillait dans une ferme. La femme avait un mari parti à la guerre. Ils se sont rapprochés et aimés. Alain est devenu en quelque sorte le patron d'autres ouvriers prisonniers, puis le maire de ce petit village sans hommes ! À la fin de la guerre il a souffert, déchiré. Sa famille française et ses enfants lui manquaient alors il a décidé de rentrer. Mais le retour ne fut pas celui attendu. Bouleversé, il m'a confié les yeux dans les yeux :

« Ce que je redoute chaque jour un peu plus, Jean, c'est qu'au soir de ma vie je regrette de ne pas être resté en Allemagne ».

Terrible aveu que j'ai clos la larme à l'œil, ému, d'une tape fraternelle à l'épaule.

Novembre 1954

Quel besoin a donc le père Arsène aviné dès le matin, de beugler sur la place du marché, à qui veut l'entendre, « ma môme est couleur café parce que ma femme a eu pou d'un Noir » ? Elle a eu peur dit-il, mais cela suffit-il pour enfanter ?

Je m'interroge sur le coût de la paix, de toute paix. À toute époque dans le balancier, le silence des femmes abusées par milliers. Petite monnaie. Le sort des enfants nés de ces viols. Piécettes. L'oubli des nôtres au loin où personne n'ira plus les chercher. Disparus. Non-sujet. Secret d'état.

Décembre 1954

Je n'ai plus la force de t'écrire, ma douce Louise.

Mon Eternelle, ma Lumière, ma Joie,

J'emporterai ton invincible Etincelle.

Mes trente-cinq printemps fleuriront les champs.

Chapitre 38

Le diner

Lors d'une promenade à cheval Victor m'a confié être orphelin, abandonné dès la naissance dans un couvent, puis placé dans une ferme en Suisse. Ses recherches menées il y a quelques années l'ont ramené ici dans sa région natale. Je n'ai pas tout à fait saisi ce qu'il voulait dire en laissant sa phrase en suspens : « Lorsqu'une vague d'un million cinq cent mille soldats déferle, les femmes… »

Le dîner m'a plu. Victor s'est métamorphosé en clown.

J'ai fait la connaissance de Charlotte et d'Eloïse, aussi déterminées et courageuses l'une que l'autre. Charlotte, comme sa tante, aime soigner. D'ailleurs je les verrai bien travailler ensemble. Elle est sage-femme, mais plus pour longtemps. Toute la soirée ses doigts fins qui ont mis au monde des centaines de bébés m'ont hypnotisée. Ses mains m'ont captivée ; j'aimerais les croquer au fusain.

Deux pétales blancs

Accueillent l'enfant.

Dix délicats pistils,

Fleurs de lagon des îles.

Eloïse lumineuse, insaisissable sylphe, ici et ailleurs, heureuse, en apesanteur. En transit ou déjà partie. Envoûtante. Un papillon butinant les plats, narrant encore incrédule son exploit, sa prouesse. Elle rentre victorieuse de Suisse et repart s'installer définitivement en Laponie. Une force magnétique émane d'elle, aimante ceux qui l'approchent.

Je me suis absentée quelques minutes pour remettre le carnet où je l'avais trouvé. Puisque Jean l'a souhaité ainsi je dois respecter son choix. Dehors la lune pleine irradiait, faisant briller le plus petit caillou, perle lactescente. Les flaques se faisaient miroirs de cette splendeur étincelante démultipliée à l'infini. Un tapis de météorites jonchait la cour. Paysage fantastique. La lecture inoubliable des quelques pages d'une écriture manuscrite délicate m'a bouleversée. Un électrochoc. C'est comme s'il me parlait de là où il est, comme si les murs autour de moi chuchotaient. L'air de rien j'ai demandé à mon retour :

— Qui habitait la ferme avant ton arrivée Victor ?

— Je l'ai héritée d'Antoine qui vivait ses vieux jours ici en solitaire. Au temps de sa jeunesse il l'exploitait avec deux sœurs, Marie et Louise, l'une est devenue sa femme, l'autre s'est mariée à son meilleur ami Jean. Le plus étrange c'est que toute sa vie Antoine a espéré ma visite.

— Pourquoi n'es-tu pas revenu plus tôt ?

— Jeune homme, après mes études en biologie marine, j'ai préféré parcourir le monde, me reconstruire, et surtout fuir mon passé, mes années difficiles en famille d'accueil. De plus, les enfants placés en Suisse ont vu, pour la plupart, leurs dossiers de placement détruits à la majorité, une procédure réduisant à néant le champ des investigations. Je ne disposais que de maigres indices. Il existe maintenant une association, Agir Dignité…

— Lors de ma première visite à la maison de repos, Antoine m'a cueilli avec ces mots qui résonnent encore à mon oreille : « Ah te voilà mon garçon ! » Regarde Lou, c'est le beau gars ici avec le monde à ses pieds. Il m'indique une photo sépia accrochée au mur… C'était lors du mariage d'Antoine. Il se tient à la gauche de la mariée, sa belle-sœur.

J'observe l'homme sympathique de haute stature, les traits réguliers, au regard malicieux. D'évidence Jean sourit à la vie. Quelque part un carillon sonne joyeusement.

Nous nous levons en chœur, débarrassons la table en évoquant le projet de parc éolien sur le littoral proche. Irène émet l'idée de créer une ferme équestre orientée vers la thérapie. Charlotte très intéressée la bombarde de questions. La vaisselle et les couverts s'entrechoquent. Les verres tintent. La chienne Dina se colle à moi et vient poser son museau sur la table quémandant un quelconque reste. Dans mon dos j'entends le ruissellement entêtant du jet d'eau sur la porcelaine. Soudain je m'immobilise.

En redressant la tête, je l'aperçois qui m'épingle du regard passant juste devant la haute fenêtre. Il a jeté un bref coup d'œil vers la cuisine. Jean, tel que sur la photo ! Un homme solide aux larges épaules traverse d'un pas décidé la cour, contourne l'immense araucaria, puis se dirige vers l'écurie.

Figée de surprise, l'assiette que je tiens m'échappe des mains, satisfaisant le vœu le plus cher de ma partenaire comblée. Nulle peur. Jean est là parmi nous. Il nous accueille chez lui, maître de son temps, semblant dire :

« Faites comme chez vous ; j'ai à faire en ma demeure. Qu'elle soit vôtre ! »

La queue de Dina, tel un métronome, me fouette la jambe et me ramène à la réalité. En se concentrant sur la résolution de questions existentielles, Dina est un modèle de sagesse ! Elle sait jouir du présent. Elle exprime, avec fougue, l'allégresse que procure un désir comblé.

Un rai de lumière frondeur inonde mon cœur d'ivresse. Des cristaux de joie pure dévalent la colline jusqu'au lit de la cascade où je me réfugie les jours anthracite, semant des pierres multicolores qu'une petite fille enchantée emportera, triomphante.

Au clair rayon de lune, ton regard bienveillant,
Splendeur de ce lac d'argent, sourire irradiant
Brise le givre de mon cœur gelé,
De tendres pousses au printemps vont germer

Avant de quitter la pièce, Eloïse rayonnante m'aide à ramasser les débris qui jonchent le sol. Alors, elle s'approche ; je sens son discret parfum de mimosa, et sa chaleur. Elle attrape doucement mon poignet et me glisse discrètement à l'oreille qu'elle m'invite à venir la voir en Laponie, pour y vivre, quelques semaines ou quelques mois, selon mon envie… Billet offert !

Elle conclut notre pacte d'un clin d'œil et, telle une fée, s'éclipse vers les feux dansants des nuits nordiques.

L'horizon s'est paré d'une traîne rose,
Que l'aube sur les prairies et les monts dépose.
De bonheur j'exulte, à hurler si je l'ose…

Remerciements

Mon premier roman ***L'Oiseau bleu tombé du nid*** m'a offert une multitude de belles rencontres trop nombreuses à citer, de soutiens de libraires et de bibliothécaires passionnés, de lecteurs me confiant leurs témoignages ou anecdotes, voire archives familiales, d'auteurs, d'enseignants, et d'adolescents attachants qui interrogent le monde actuel à travers la littérature, témoin de l'Histoire, exprimant ensuite leur sensibilité lors d'ateliers d'écriture ou artistiques. C'est un plaisir toujours renouvelé que d'échanger avec vous !

Je remercie pour m'avoir si généreusement accueillie en leur sein les membres et jurys de la Société des Auteurs de Normandie (SADN), de la Société des Ecrivains normands (SEN) et de la Société des Ecrivains combattants (AEC).

Je remercie l'AFMD 14 et toute l'équipe du Mémorial de Caen.

Je remercie Christelle Angano pour sa relecture avisée du tapuscrit.

Je remercie Christiane Bazzichetto, Antoinette Lanoë-Deladune, Danièle Burnel, Catherine Leduc, Marie-Pierre, Pascale Colin, Sandrine Leroyer, Valérie Neitthoffer, Marylène Hurtel, Laurence Tirel, Brigitte Lamarre, des femmes au cœur d'or !

Je remercie mon époux, mes fils chéris, mes parents, ma Mô, mes sœurs, ma famille, et tous mes amis. Je vous aime infiniment !

Je remercie Stéphan Bricogne, concepteur du site :

https://lily-auteure.com

Telles des poupées gigognes, ***Le souffle des cascades, L'Oiseau bleu tombé du nid***, ainsi que le troisième tome en cours d'écriture, s'imbriquent, tout en formant des pièces de puzzle indépendantes.

Pour les plus jeunes lecteurs mon aventure littéraire se poursuit avec des projets à venir, des collaborations, des germes mis en culture…

Pour les souhaits de rencontre avec des classes de collégiens ou de lycéens, merci de prendre contact via le site ou les réseaux.

Chère lectrice, cher lecteur, merci pour cette aventure passionnante et excitante à vos côtés. Merci pour vos partages !

Pour aller plus loin :

- « Les dossiers de la honte » RTBF, Enfants forçats placés en Suisse
- Agir Dignité : Association suisse des enfants placés survivants
- « Goulag, une histoire soviétique », film documentaire de Patrick Rotman
- Les Arolsen Archives, centre international de documentation
- Art Loss Register, la plus grande base de données privée du monde
- L'Archipel du Goulag, de Alexandre Soljenitsyne
- Bernheim Pascale. « Les spoliations des instruments de musique et documents musicaux – Le cas de Wanda Landowska (1879-1959) édité par Julia Drost, Hélène Ivanoff et Denise Vernerey-Laplace, Heidelberg

La Clairière des LIVRES

Pour chaque titre d'un livre imprimé, un arbre est planté dans une forêt de 15 hectares en Centre Bretagne.

www.typolibris.fr (by Printcorp)

IMPRIMÉ & RELIÉ EN FRANCE

Dépôt légal : février 2024

Composition et couverture : Pauline Hétet Créations

Achevé d'imprimer par Typolibris

ISBN : 978-2-9591208-0-0

www.sixtineeditions.fr